—————— 阅读之前 没有真相

午夜文库

阿加莎·克里斯蒂
侦探小说

阿加莎·克里斯蒂
Agatha Christie (1890—1976)

无可争议的侦探小说女王，侦探文学史上最伟大的作家之一。

阿加莎·克里斯蒂原名为阿加莎·玛丽·克拉丽莎·米勒，一八九〇年九月十五日生于英国德文郡托基的阿什菲尔德宅邸。她几乎没有接受过正规的教育，但酷爱阅读，尤其痴迷于歇洛克·福尔摩斯的故事。

第一次世界大战期间，阿加莎·克里斯蒂成了一名志愿者。战争结束后，她创作了自己的第一部侦探小说《斯泰尔斯庄园奇案》。几经周折，作品于一九二〇年正式出版，由此开启了克里斯蒂辉煌的创作生涯。一九二六年，《罗杰疑案》由哈珀柯林斯出版公司出版。这部作品一举奠定了阿加莎·克里斯蒂在侦探文学领域不可撼动的地位。之后，她又陆续出版了《东方快车谋杀案》《ABC谋杀案》《尼罗河上的惨案》《无人生还》《阳光下的罪恶》等脍炙人口的作品。时至今日，这些作品依然是世界侦探文学宝库里最宝贵的财富。根据她的小说改编而成的舞台剧《捕鼠器》，已经成为世界上公演场次最多的剧目；而在影视改编方面，《东方快车谋杀案》为英格丽·褒曼斩获奥斯卡大奖，《尼罗河上的惨案》更是成为几代人心目中的经典。

阿加莎·克里斯蒂的创作生涯持续了五十余年，总共创作了八十余部侦探小说。她的作品畅销全世界一百多个国家和地区，累计销量已经突破二十亿册。她创造的小胡子侦探波洛和老处女侦探马普尔小姐为读者津津乐道。阿加莎·克里斯蒂是柯南·道尔之后最伟大的侦探小说作家，是侦探文学黄金时代的开创者和集大成者。一九七一年，英国女王授予克里斯蒂爵士称号，以表彰其不朽的贡献。

一九七六年一月十二日，阿加莎·克里斯蒂逝世于英国牛津郡沃灵福德家中，被安葬于牛津郡的圣玛丽教堂墓园，享年八十五岁。

阿加莎·克里斯蒂 侦探作品年表

波洛系列

1920　The Mysterious Affair at Styles《斯泰尔斯庄园奇案》
1923　Murder on the Links《高尔夫球场命案》
1924　Poirot Investigates《首相绑架案》
1926　The Murder of Roger Ackroyd《罗杰疑案》
1927　The Big Four《四魔头》
1928　The Mystery of the Blue Train《蓝色列车之谜》
1932　Peril at End House《悬崖山庄奇案》
1933　Lord Edgware Dies《人性记录》
1934　Murder on the Orient Express《东方快车谋杀案》
1935　Three-Act Tragedy《三幕悲剧》
1935　Death in the Clouds《云中命案》
1936　The ABC Murders《ABC谋杀案》
1936　Murder in Mesopotamia《古墓之谜》
1936　Cards on the Table《底牌》
1937　Dumb Witness《沉默的证人》
1937　Death on the Nile《尼罗河上的惨案》
1937　Murder in the Mews《幽巷谋杀案》
1938　Appointment with Death《死亡约会》
1938　Hercule Poirot's Christmas《波洛圣诞探案记》
1940　Sad Cypress《H庄园的午餐》
1940　One, Two, Buckle My Shoe《牙医谋杀案》
1941　Evil Under the Sun《阳光下的罪恶》
1943　Five Little Pigs《五只小猪》
1946　The Hollow《空幻之屋》
1947　The Labours of Hercules《赫尔克里·波洛的丰功伟绩》
1948　Taken at the Flood《顺水推舟》
1952　Mrs. McGinty's Dead《清洁女工之死》
1953　After the Funeral《葬礼之后》
1955　Hickory Dickory Dock《山核桃大街谋杀案》
1956　Dead Man's Folly《弄假成真》
1959　Cat Among the Pigeons《鸽群中的猫》
1960　The Adventure of the Christmas Pudding《雪地上的女尸》

阿加莎·克里斯蒂 侦探作品年表

1963　The Clocks《怪钟疑案》
1966　Third Girl《第三个女郎》
1969　Hallowe'en Party《万圣节前夜的谋杀》
1972　Elephants Can Remember《大象的证词》
1974　Poirot's Early Stories《蒙面女人》
1975　Curtain—Poirot's Last Case《帷幕》

马普尔小姐系列

1930　The Murder at the Vicarage《寓所谜案》
1932　The Thirteen Problems《死亡草》
1942　The Body in the Library《藏书室女尸之谜》
1943　The Moving Finger《魔手》
1950　A Murder Is Announced《谋杀启事》
1952　They Do It with Mirrors《借镜杀人》
1953　A Pocket Full of Rye《黑麦奇案》
1957　4.50 from Paddington《命案目睹记》
1962　The Mirror Crack'd from Side to side《破镜谋杀案》
1964　A Caribbean Mystery《加勒比海之谜》
1965　At Bertram's Hotel《伯特伦旅馆》
1971　Nemesis《复仇女神》
1976　Sleeping Murder《沉睡谋杀案》
1979　Miss Marple's Final Cases《马普尔小姐最后的案件》

其他系列及非系列

1922　The Secret Adversary《暗藏杀机》
1924　The Man in the Brown Suit《褐衣男子》
1925　The Secret of Chimneys《烟囱别墅之谜》
1929　Partners in Crime《犯罪团伙》
1929　The Seven Dials Mystery《七面钟之谜》
1930　The Mysterious Mr. Quin《神秘的奎因先生》
1931　The Sittaford Mystery《斯塔福特疑案》
1933　The Witness for the Prosecution and Other Stories《控方证人》
1934　Why Didn't They Ask Evans?《悬崖上的谋杀》

阿加莎·克里斯蒂 侦探作品年表

1934 The Listerdale Mystery《金色的机遇》
1934 Parker Pyne Investigates《惊险的浪漫》
1939 Murder Is Easy《逆我者亡》
1939 And Then There Were None《无人生还》
1941 N or M?《桑苏西来客》
1944 Towards Zero《零点》
1945 Sparkling Cyanide《闪光的氰化物》
1945 Death Comes as the End《死亡终局》
1949 Crooked House《怪屋》
1950 Three Blind Mice and Other Stories《三只瞎老鼠》
1951 They Came to Baghdad《他们来到巴格达》
1954 Destination Unknown《地狱之旅》
1958 Ordeal by Innocence《奉命谋杀》
1961 The Pale Horse《灰马酒店》
1967 Endless Night《长夜》
1968 By the Pricking of My Thumbs《煦阳岭的疑云》
1970 Passenger to Frankfurt《天涯过客》
1973 Postern of Fate《命运之门》
1991 Problem at Pollensa Bay《神秘的第三者》
1997 While the Light Lasts《灯火阑珊》

出版前言

纵观世界侦探文学一百七十余年的历史，如果说有谁已经超脱了这一类型文学的类型化束缚，恐怕我们只能想起两个名字——一个是虚构的人物歇洛克·福尔摩斯，而另一个便是真实的作家阿加莎·克里斯蒂。

阿加莎·克里斯蒂以她个人独特的魅力创造着侦探文学史上无数的传奇：她的创作生涯长达五十余年，一生撰写了八十余部侦探小说；她开创了侦探小说史上最著名的"黄金时代"；她让阅读从贵族走入家庭，渗透到每个人的生活中；她的作品被翻译成一百多种文字，畅销全球一百五十余个国家，作品销量与《圣经》《莎士比亚戏剧集》同列世界畅销书前三名；她的《罗杰疑案》《无人生还》《东方快车谋杀案》《尼罗河上的惨案》都是侦探小说史上的经典；她是侦探小说女王，因在侦探小说领域的独特贡献而被册封为爵士，她是侦探小说的符号和象征。她本身就是传奇。沏一杯红茶，配一张躺椅，在暖暖的阳光下读阿加莎的小说是一种生活方式，是惬意的享受，也是一种态度。

午夜文库成立之初就试图引进阿加莎的作品，但几次都与版权擦肩而过。随着午夜文库的专业化和影响力日益增强，阿加莎·克里斯蒂的版权继承人和哈珀柯林斯出版公司主动要求将版权独家授予新星出版社,并将阿加莎系列侦探小说并入午夜文库。这是对我们长期以来执着于侦探小说出版的褒奖,是对我们的信任与鼓励,更是一种压力和责任。

新版阿加莎·克里斯蒂作品由专业的侦探小说翻译家以最权威的英文版本为底本,全新翻译,并加入双语作品年表和阿加莎·克里斯蒂家族独家授权的照片、手稿等资料,力求全景展现"侦探女王"的风采与魅力。使读者不仅欣赏到作家的巧妙构思、离奇桥段和睿智语言,而且能体味到浓郁的英伦风情。

阿加莎作品的出版是一项系统工程,规模庞大,我们将努力使之臻于完美。或存在疏漏之处,欢迎方家指正。

新星出版社
午夜文库编辑部

Agatha Christie

Over the next few years, we plan to celebrate two very important Agatha Christie anniversaries. In 2015, it is the 125th anniversary of her birth in Torquay, South Devon, England, and in 2020 it will be 100 years after her first book, THE MYSTERIOUS AFFAIR AT STYLES, featuring her famous detective, Hercule Poirot, was published. This is therefore a very appropriate moment to publish a new edition of her works, and I am delighted that HarperCollins has chosen to work with New Star on these new editions. New Star is China's top crime publisher, and has a strong and dedicated editorial staff and a continued passion for Agatha Christie, making them the ideal partner. It is the right time to make these classic books available in modern translations and so to bring Agatha Christie's books anew to her many fans in China, giving them a new reason to re-read these much-loved stories, as well as introducing them to a whole new audience. How delighted Agatha Christie would have been that her stories (as she called them) are still giving so much pleasure to so many people all over the world!

I think there are two very remarkable things about Agatha Christie's stories. The first is that they are so adaptable. It doesn't really matter which language they appear in, the stories and the plots still give the same thrill, still provide the same puzzles, and the characters still have the same attraction. Readers in China will I am sure enjoy Hercule Poirot and Miss Marple just as much as we do in England, and readers in China will still be transfixed by the surprises and horrors of AND THEN THERE WERE NONE, one of the great classics of 20th century detective fiction, as we are here.

Agatha Christie

The second is that the stories give a wonderful picture of England, particularly rural England, at the time Agatha Christie lived. She wrote books from 1920 until 1970 but it is sometimes hard to tell which part of her life each book was written in. Her characters and the life they lived were very much the same. The life we all live is changing very quickly these days but the Agatha Christie world stays the same. Perhaps the Miss Marple stories provide the best example of this, and in some ways THE BODY IN THE LIBRARY and NEMESIS are quite similar, despite the fact that thirty years elapsed between the time they were written.

Perhaps I might end by mentioning three Agatha Christies (other than the ones mentioned above) which I think demonstrate why she is so popular, even in the twenty-first century. The first is MURDER ON THE ORIENT EXPRESS, one of the most famous with one of the most ingenious and human plots. Read this on one of your long train journeys in China! Next is A MURDER IS ANNOUNCED, a Miss Marple which was her 50th book. It has my favourite murderer in it! And last is ENDLESS NIGHT a story about evil and how it affects three young people, written at the time when I knew her best, and understood how deeply she cared and sympathised with young people and the world they lived in.

Whichever are your favourites I hope you enjoy these stories that New Star are introducing to you again. I think it is a great publishing event.

Mathew Prichard
Grandson of Agatha Christie
Chairman of Agatha Christie Ltd

致中国读者
(午夜文库版阿加莎·克里斯蒂作品集序)

在未来的几年中,我们将要筹备两个非常重要的关于阿加莎·克里斯蒂的纪念日。二〇一五年是她的一百二十五岁生日——她于一八九〇年出生于英国的托基市,二〇二〇年则是她的处女作《斯泰尔斯庄园奇案》问世一百周年的日子,她笔下最著名的侦探赫尔克里·波洛就是在这本书中首次登场。因此,新星出版社为中国读者们推出全新版本的克里斯蒂作品正是恰逢其时,而且我很高兴哈珀柯林斯选择了新星来出版这一全新版本。新星出版社是中国最好的侦探小说出版机构,拥有强大而且专业的编辑团队,并且对阿加莎·克里斯蒂的作品极有热情,这使得他们成为我们最理想的合作伙伴。如今正是一个良机,可以将这些经典作品重新翻译为更现代、更权威的版本,带给她的中国书迷,让大家有理由重温这些备受喜爱的故事,同时也可以将它们介绍给新的读者。如果阿加莎·克里斯蒂知道她的小故事们(她这样称呼自己的这些作品)仍然能给世界上这么多人带来如此巨大的阅读享受,该有多么高兴啊!

我认为阿加莎·克里斯蒂的作品有两个非常重要的特征。首先它们是非常易于理解的。无论以哪种语言呈现,故事和情节都同样惊险刺激,呈现给读者的谜团都同样精彩,而书中人物的魅力也丝毫不受影响。我完全可以肯定,中国的读者能够像我们英国人一样充分享受赫尔克里·波洛和马普尔小姐带来的乐趣;中国读者也会和我们一样，读到二十世纪最伟大的侦探经典作品——比如《无人生还》——的时候，被震惊和恐惧牢牢钉在原地。

第二个特征是这些故事给我们展开了一幅英格兰的精彩画卷，特别是阿加莎·克里斯蒂那个年代的英国乡村。她的作品写于二十世纪二十年代至七十年代间，不过有时候很难说清楚每一本书是在她人生中的哪一段日子里写下的。她笔下的人物，以及他们的生活，多多少少都有些相似。如今，我们的生活瞬息万变，但"阿加莎·克里斯蒂的世界"依旧永恒。也许马普尔小姐的故事提供了最好的范例：《藏书室女尸之谜》与《复仇女神》看起来颇为相似，但实际上它们的创作年代竟然相差了三十年。

最后，我想提三本书，在我心目中（除了上面提过的几本之外）这几本最能说明克里斯蒂为什么能够一直受到大家的喜爱。首先是《东方快车谋杀案》，最著名，也是最机智巧妙、最有人性的一本。当你在中国乘火车长途旅行时，不妨拿出来读读吧！第二本是《谋杀启事》，一个马普尔小姐系列的故事，也是克里斯蒂的第五十本著作。这本书里的诡计是我个人最喜欢的。最后是《长夜》，一个关于邪恶如何影响三个年轻人生活的故事。这本书的写作时间正是我最了解她的时候。我能体会到她对年轻人以及他们生活的世界关心至深。

现在新星出版社重新将这些故事奉献给了读者。无论你最爱的是哪一本，我都希望你能感受到这份快乐。我相信这是出版界的一件盛事。

阿加莎·克里斯蒂外孙

阿加莎·克里斯蒂有限责任公司董事长

马修·普理查德

二〇一三年二月二十日

阿加莎·克里斯蒂侦探小说全集⑭

长夜
Endless Night

[英]阿加莎·克里斯蒂 著
陆烨华 译

新星出版社 NEW STAR PRESS

目录

1	第一部
59	第二部
163	第三部

献给诺拉·普利查德，从她那儿，我第一次知道吉卜赛庄的传说。

每一个夜晚,每一个清晨,
有人生来就为不幸伤神。
每一个清晨,每一个夜晚,
有人生来就被幸福拥抱。
有人生来就被幸福拥抱,
有人生来就被长夜围绕。

——威廉·布莱克[①]《天真的预言》

[①]威廉·布莱克(William Blake,1757—1827),英国诗人、画家,浪漫主义文学代表人物之一。

第一部

第一章

开头往往就是结局——经常听到有人说这句话。虽然听上去不错,但究竟是什么意思呢?

是否真有这样的地方,你可以指着它说:"这就是一切的开头,正是从这时起,才有了后来所有的事。"

如果有的话,那么属于我故事的开头,或许就在一家名为"乔治与龙"的公司墙上。那里贴着一张海报,出售高贵宅邸"古堡"。除了占地面积等基本资料,还有一些好看的照片。这些照片也许是在"古堡"最鼎盛时期拍摄的,距今少说也有八十到一百年了。

当时我正在金士顿大街上散步。这条街并不出名,我只是为了消磨时间而来到这里,然后一眼就看到了销售海报。至于为什么偏偏被那张海报吸引住了目光——是命运的恶作剧,还是美好的未来在向你招手?这种事情从来就没人知道。

或者也可以这么说:所有的故事,都是从遇见桑托尼克斯开始的。现在我闭上眼睛,还能看见他红扑扑的脸和明亮的双眼。他用一双结实而又灵巧的手,寥寥几笔就画出了房子的平面图。一幢别致又漂亮的房子,宛若人间仙境。

长久以来我都想要一幢属于自己的房子,一个美丽舒适的家园。而眼前的房子正是我梦寐以求的,我渴望在里面度过一生。

这是一个只能在两人世界里分享的甜蜜幻想,桑托尼克斯一定会替我们盖好——如果他能活到那么久的话。

我会和心爱的女孩在这梦想中的房子里生活,就像童话里说的"从此以后就过上了幸福快乐的日子"。虽然完全是异想天开,但这说明我内心深处潜藏着一股汹涌的渴望——渴望得到一些我从来不可能拥有的东西。

或者,假如这是个爱情故事的话——其实就是个爱情故事,我可以发誓——为什么不从那个瞬间开始说起呢?在吉卜赛庄,我看到艾丽站在一排枞树下的那个瞬间。

吉卜赛庄?对了,从吉卜赛庄开始说起是最合适的吧。我转身离开销售海报的时候,冷不防打了个寒战,当时一片黑云正好遮住了和煦暖阳。我漫不经心地开口向旁边一个当地人问了个问题,那个人正在东一剪西一剪地修着树篱。

"这幢房子叫'古堡'啊?看着不像城堡的样子。"

那位老先生瞥了我一眼,我到现在还能清楚记得他当时的样子。

"古堡?这是什么叫法!哼,我们这里的人可不这么叫。"他的口气听起来极为不满,好像对我嗤之以鼻,"自从有人住进去之后,就叫它'古堡',到现在已经好多年了。"说完他又从鼻子里哼了一声。

于是我问他,那你叫它什么呢?他的眼神游移了起来,满是皱纹的老脸上表情古怪,好像在窥探我的背后,又或是某个角落。乡下人就喜欢这样,不和你爽快地说,总要装作警惕一下,好像他们看到了一些你看不到的危机似的。然后,他才告诉我:"这里的人都叫它'吉卜赛庄'。"

"为什么取这个名字呢?"我问。

"不知道是哪儿流传出来的，众说纷纭。"他接着说，"反正，就是出灾祸的地方。"

"出过车祸？"

"所有的灾祸。现在这年头，出个车祸太容易了。你看到了吗？那个转角处可是个危险地段呢。"

"嗯。"我应声道，"如果在那里急转弯的话，确实容易出车祸。"

"乡议会竖了块警示牌，但是没用，照样有车祸。"

"为什么是'吉卜赛'呢？"见话题扯开，我又问他。

他的眼睛又往我身后看来看去了，回答依然含糊其辞。

"就是有个传说嘛。他们说，这里以前是吉卜赛人的土地，后来他们被赶走了，就在这个地方下了毒咒。"

我大笑起来。

"哼。"他说道，"你还笑得出来？这里确实被下了毒咒！你们这些精明的城里人什么都不了解！这个地方真的被毒咒缠上了，有人在采石场运石头盖这座房子时突然死掉了。而老乔迪，不知道怎么回事，有一天晚上从阳台边上摔下来，脖子都摔断了。"

"是喝醉了吧。"我提醒他。

"也许是喝醉了。但也有别人喝多了不小心摔下来——摔得巧——都没什么大伤，乔迪却把脖子给摔断了，就在那个地方。"他手指着满是枞树的山丘，"偏偏就在吉卜赛庄里。"

对了，整件事情就是这样开始的。只不过当时的我完全没有注意，现在也只是恰好想起。

仔细想了想之后，我才能慢慢把这些记忆片段重新规整好。我又问他，这里还有吉卜赛人住着吗？他回答说几乎没有了，因为警察一直赶他们走。

"为什么大家都不喜欢吉卜赛人呢？"

"他们尽干一些偷鸡摸狗的事儿。"虽然他的口气不以为然，但双眼却更加认真地盯着我，"我看你是不是也有吉卜赛人的血统？"他说话拐弯抹角，眼神流露出凶狠。

我说我没有。不过我长得确实有点像吉卜赛人，也许正因如此，我才会对"吉卜赛庄"这个名字产生兴趣。我转身离开老人，心想刚刚的对话还蛮有意思的，说不定我真有吉卜赛人的血统呢。

我经过一条弯曲的路，再从一片黑压压的枞树林旁蜿蜒而上，来到了吉卜赛庄。从山丘顶部放眼望去，大海和船舶尽收眼底，景色简直美极了。在这一刻，我想无论是谁都会产生同样的念头："如果这吉卜赛庄是我的，感觉不知会是怎样？"——而这一类念头，终究只是白日做梦罢了。

当我再次经过树篱旁，老人对我说："如果你要找吉卜赛人的话，有一个黎婆婆在，少校给了她一户农舍住。"

"谁是少校？"我问道。

"费尔伯特少校啊！"他大吃一惊，"当然是费尔伯特少校啦。"

我问的这个问题居然使他有些狼狈，想来这位费尔伯特少校在当地是极有权势的，而黎婆婆可能是他的一个什么亲戚，所以才会受到这样的照顾。

费尔伯特家在当地应该已经住了好几辈了，多多少少在管理这片地方吧。

我向老人道别，转身正要走，他又说："这条街的尽头，有一片农舍，就是黎婆婆住的地方，或许你会看到她正在外面。这些吉卜赛人,都不喜欢待在屋里。"

我嘴里吹着小调,向那个地方闲逛而去。一路上我一直在想吉卜赛庄的事,以至于当我看到一位高大的黑发老人时,几乎都快忘了老人刚刚跟我说过的话。她隔着一道花园树篱望着我,我想这一定就是黎婆婆了,于是停下来和她攀谈。

"听说你能告诉我一些关于吉卜赛庄的事儿?"我说道。

她的眼睛透过一团纠缠在一起的乌黑头发,盯着我。

"别干傻事,年轻人。你最好听我的话,忘掉它。你是一个帅小伙,千万别和吉卜赛庄扯上关系,不会有好事,从来不会。"

"可我看到它正在出售。"

"哼,你要是买它的话,就更傻了。"

"那谁有可能会买下它呢?"

"有个建筑商盯着要买,不光是他一个人呢。你等着吧,肯定会卖得更便宜。"

"你说会卖得更便宜?"我好奇地问,"那不是一个争相购买的好地方吗?"

她没有理我这个问题。

"如果被一个建筑商买下了,那他接下来会怎么做?"

突然间她自己笑了起来,是一种带着恶意、让人不愉快的笑。

"当然,他会把那些破旧腐朽的宅邸推倒重建,盖二十户——或者三十户——全部都是受过毒咒的住宅。"

她的后半句话我权当没有听到,急忙打断她:"那真是太可惜了,太可惜了。"

"哈,你不用担心,他们不会有好下场的。到时候楼梯会打滑,涂料会被打翻,楼顶上的石板会往下掉,把人砸个正着。还有那些树,也会被突如其来的狂风吹倒。哈,你等着瞧吧,没有一个人会在吉卜赛庄过得安稳,他们最好别打扰那个地方,你等着瞧吧。"说到起劲处,她频频点头,然后又轻声地自言自语,"在吉卜赛庄里捣乱的人,都不会有好下场的,从来没有例外。"

我听着笑了起来,她厉声说:"不要笑,年轻人,我看你这几天笑脸就要倒转过来,变成哭丧的脸。在那幢宅子里也好,附近的土地上也好,从来都没有过好事。"

"宅子里出过什么事呢?"我问,"为什么让它空了这么久?为什么又把它推倒呢?"

"最后一批住在里面的人都死了,一个也没留下。"

"他们是怎么死的?"我觉得好奇,便接着问。

"最好不要问起这件事情。反正从那之后就没有人再搬进去住了,就让那宅子发霉腐烂吧。现在既然大家已经快忘记这件事情了,最好以后也不要再记起来。"

"但你可以给我讲讲啊。"我用好话哄她,"你对吉卜赛庄的事不是一清二楚吗?"

"我不会和你闲聊那个地方的。"然后她压低声音,语气突然变得谄媚,"漂亮的小伙子,要是你愿意,我给你算算命吧。给我一个银币,我就会把你的命运告诉你。最近这段时间,你好像会很走运呢。"

"我才不会相信算命这种骗人把戏呢。"我说,"我没有钱。就算有,也不会花在这上面。"

她凑近我,用讨好的口吻说:"六便士!我算你的命只要六便士,怎么样?这根本不算什么。因为你是个年轻英俊的小伙子,嘴巴又伶俐,我才只收你六便士,所以我说你最近会走运吧。"

我从口袋里摸出半角银币。倒不是因为我听信了她那套愚蠢迷信，而是觉得就应该这么做。具体是什么原因我还看不透，但我不反感这个老神婆。她把银币一把抓过去，说道："好了，把你的手伸出来，两只手都要。"

她那瘦骨嶙峋的双手握住我的手，眼睛盯着我摊开的掌心，沉默了一两分钟，又看了一会儿。突然，她甩开我的手，几乎像是挣脱一般。她后退了一步，大声对我说："如果你想知道接下来该怎么做的话，那就马上滚出这里，远离吉卜赛庄！再也不要回来，这就是我对你的忠告，再也不要回来！"

"为什么？为什么再也不要回来？"

"如果你回来的话，就会有伤心，会有损失，或许还会有危险！有各种各样的麻烦事在等着你。我警告你，连你今天经过这个地方的事情，最好也统统忘掉！"

"这……"

没等我说完，她就转身走回了自己的农舍，砰的一声把门关上。我并不迷信，但我相信有命运，当然了，谁不信？关于那幢被下过毒咒的废宅，关于那些充满迷信的故事，我虽然不相信，心里却多少有点难以释怀。这个老丑八怪在我的掌心到底看到了什么呢？我摊开自己的双手，仔细看了看。一个人的命运怎么可能在自己的手掌上，并且被别人看到呢？谁都知道算命就是胡吹乱扯——一种赚钱的伎俩——从你傻乎乎的轻信当中牟利。我抬头仰望天空，太阳不知何时钻进了云里，这一天从此刻开始变得不同了，阴沉沉的气氛里，似乎潜藏着某种压抑的威胁。只不过是暴雨的前兆吧，我想。风刮了起来，树叶翻飞，沙沙作响。

我再次吹起口哨，让自己振作起来，然后沿着穿越村庄的小路离去。

走过张贴销售海报的地方，我又看了一眼，甚至把具体的拍卖日期都记了下来。我这辈子还没有参加过房地产竞拍,但这一次我告诉自己,我要参加。要是看到有谁买下了"古堡",那会多有趣——换句话说,我很想看看吉卜赛庄的下一个拥有者长什么样子。

对了,我想这才是整个故事真正开始的地方——一个异想天开的想法浮现在我脑中:我要参加"古堡"的竞拍,我要和当地的建筑商互相叫板!他们也许会打退堂鼓,死了这条捡便宜的心。然后我顺利买下它,到鲁道夫·桑托尼克斯那里,跟他说:"给我盖一幢房子,我已经把一个好地方买下来了!"接下来我还要去找一个女孩,一个美若天仙的女孩,从此和她快快乐乐地生活在一起。

我常常有这样的白日梦,当然从来都没实现过,不过幻想却非常有意思,当时我就处在这样的幻想当中。真有趣!不过天哪,要是早知道接下来会发生什么,我还会觉得有趣吗?

第二章

那天能来到吉卜赛庄附近纯粹是因为一个很偶然的机会。我开着公司的车,从伦敦载几个人过来参加一个拍卖会。这次要拍卖的不是房子,而是房子里的一些家什——这幢坐落在郊外的大房子,本身奇丑无比。车上坐着我这次的雇主,是一对老夫妇,从谈话来看,他们对所有混凝纸①做的模型都非常感兴趣。在我的印象中,仅有的一次听到混凝纸模型是从我妈妈那儿,她说混凝纸做的洗碗盆比塑料做的要好。有钱人居然会自己跑到乡下来买一堆这种东西,真是叫人想不明白。

然而我并没有开口问,只是把这件事情记在了心里。我想我以后得找个机会翻翻字典,或者阅读一些有关的书籍,看看混凝纸模型究竟是什么;它到底有什么魅力,会让一些人专门租一辆车跑到乡下来出高价买下。

那年我二十二岁,对各种新奇的知识都抱有强烈的兴趣,尤其精通汽车,可以说是一个优秀而且谨慎的司机。我曾经在爱尔兰管理过一些马匹,差点被一批毒贩子缠上,还好我机灵,及时脱了身。当一个租车公司的司机,这份工作还算不错,小费多,还不用花大力气,但是工作内容极其单调乏味。

---

① 纸浆加入胶质后经浇铸、干燥、固化后可加工为器物或饰品。

我也曾在夏天帮别人摘水果，这份工作给的钱虽然不多，我却乐在其中。除此之外我还干过很多工作：三流饭店的侍者、海滩救生员、百科全书和吸尘器推销员……我还在植物园待过一阵子，多多少少了解了一些花的知识。

我从未被任何工作捆绑住。凭什么我要被捆绑住？我发现自己对任何事物都感兴趣。即使有些工作比较艰苦，我也从未介意。我不懒，只是觉得自己安定不下来。

我想到处走走，到处看看，多做点不同的工作。我想找到某种东西——对，我就是在找某个东西。

自从离开学校，我就在找这样一个东西，但我并不清楚具体是什么，在哪儿能够找到。在我的概念里，它还处于一种模糊的状态，不过我知道它就在某个地方，迟早我会将它看清。或许那是一个女孩。我喜欢女孩子，但我还没有遇到在我生命中占重要地位的那个人。你可以喜欢其他一些女孩，但总会产生厌倦，想要去找下一个，直到那个她出现为止。她们就像我曾经做过的工作，我都挺喜欢的，但时间久了，就又要离开去找下一个了。所以离开学校之后，我换了一份又一份工作。

很多人不赞成我的生活方式。虽然他们的出发点是为我好，但他们并不了解我的性格。他们希望我牢牢盯住一个好姑娘，存钱、结婚、在一份好工作上稳定下来，然后日复一日，年复一年，跟着这个世界一成不变。天啊，这才不是我想要的生活！肯定有比这更精彩的生活，不会平平淡淡终其一生，等着年迈的时候靠这个国家半吊子的福利维持生活。是的，我就是这么想的。现在这个世界，人类都能把卫星发射到天外，大谈特谈造访其他星球。一定会有某些事情能将你唤醒，让你的心怦怦狂跳，这才是值得踏遍全世界去寻找的啊！我记得做酒店侍者的时候，有一天在邦德街①上闲逛，看到路边橱窗里展示的一双双鞋子，那样的帅气逼人。就像广告中说的那样："聪明人今天穿的鞋。"通常旁边还会配一张可疑的成功人士肖像。要我说的话，这位"成功人士"长得就像一个废物，我经常被这种广告逗笑。

过了鞋店，是一家画廊。橱窗里只展示了三幅画，为了烘托艺术气息，他们用一些天鹅绒覆盖在金色相框的边角上。太娘娘腔了！我对艺术了解得不多，有一次，纯粹是出于好奇走进了国家美术馆，结果大为恼火。一幅色彩明艳的巨幅画，上面画的居然是两支军队在峡谷中浴血奋战，或者憔悴的圣徒浑身被箭矢插满，又或者是一些穿着丝绸和天鹅绒蕾丝花边服装的贵妇们，坐在那里傻笑。当时我就明白了，我与艺术无缘。但我现在看的这幅油画却有些与众不同。那三幅画里，有一幅画的是风景，画了一些我每天都能看到的景色；还有一幅画的是一个古怪的女人，完全不成比例，很难看出这是一个女人。我想这就是他们所谓的"新艺术"②吧，我完全不懂这是什么玩意儿。第三幅画就是我认为与众不同的画，它好像不止是一幅画这么简单，不知道你懂不懂我的意思。它看起来——我该怎么形容呢——似乎很简单。大部分都是空白，只有几个圆圈毫无规则地彼此相扣。它们的颜色也不尽相同，并且都很古怪，你根本不会想到用这种颜色涂上去，这里来一下，那里来一下，随心所欲地点缀在画布上。它们看起来似乎什么都不是，但不知出于什么原因，莫名地好像有一种意思在其中。我不善于形容或者描述，我只想说，它把我的视线牢牢吸引住了，久久不能移开。

---

①以英王查理二世的密友托马斯·邦德爵士命名。街上汇集最昂贵、最独特的奢侈品牌，十八世纪以来一直是时尚购物者的天堂。
②约一八九〇至一九一〇年间流行于欧美的一种装饰艺术风格。

我愣愣地站着,好像有某些不寻常的事情降临到了我头上,让我感觉浑身发毛。那些迷人的皮鞋,我现在竟也想穿。着装确实是门大学问。我喜欢衣着讲究,给人带来好印象,但我一生中从来没有认真考虑过要到邦德街来买一双漂亮皮鞋。我知道这里的货品开价是多么昂贵,也许要十五镑一双。手工制作的或者其他什么——他们总能为昂贵找到各种理由,其实那就是在浪费钱!上等的皮鞋,没错,不过同时你也会拥有一张"上等的"账单——我觉得我想问题再有条理不过了。

但是这张画值多少钱呢?我当时想。

如果我想买这幅画呢?你疯了——我对自己说——你别傻乎乎地想搞一幅什么油画了。

但我就是想要买下它,想要拥有它;想把它挂在家里,坐在它面前想看多久就看多久,因为我知道它现在是属于我的了!我要买下它!产生了这个疯狂的想法后,我再次望向这幅画,我没有任何理由拥有它,而且很有可能也付不起这笔钱。二十镑?二十五镑?总之肯定是一大笔钱吧。但不管怎么说,问一下价钱也不要紧,他们又不会吃了我,对吧?于是我走进了这家店,内心波澜起伏。

店内非常安静,但是装饰豪华,带着一种严肃庄重的气氛。素色的墙下摆着一张丝绒沙发椅,可以坐下来欣赏画作。有一个穿得像广告模特那么讲究的男人走过来招待我,他低沉的嗓音和这里的环境异常般配。有意思的是,他不像邦德街其他高级店面的店员那样趾高气扬。听完我的话后,他从橱窗里把画拿了出来,捧在手里,然后站在墙的前面任我观赏。当时我想,很多众人皆知的规则并不能应用到这些卖油画的人身上。比如百万富翁故意穿着破旧衣服前来,只想添置一些收藏,或者就是来淘便宜又好看的东西。也许还有其他人像我这样，为了一幅喜欢的画，会想尽一切办法去凑满这笔钱。

"这幅画是这位画家的代表作。"拿着画的男人介绍道。

"多少钱？"我问得很干脆。

他的回答让我险些停止了呼吸。

"两万五千英镑。"他的嗓音依然那么斯文。

我成功地保持了脸色没有改变，至少我认为自己并没有把心理活动泄露出来。接着他又说了一个名字，应该是这个画家的名字吧。这幅画刚刚从一幢乡间小屋运到这个市场上，住在乡间小屋里的人对这幅画能换到什么完全没有概念。我将沉着冷静保持到了最后一刻，然后轻轻叹了口气。

"真是一笔不小的数字呢，不过我觉得这幅画值得。"我说道。

两万五千英镑，这玩笑太过头了吧！

"是的。"他一边说，一边也叹了口气，"它确实值得。"他非常绅士地把画放了下来，摆回橱窗。

然后他微笑着看着我。"您的眼光不错，先生。"

我觉得在某些方面，他和我可以彼此理解。我向他致谢，走回邦德街。

第三章

我对写作这件事情不是很在行——不是很在行的意思是，我不会用一个普通作家常用的方式写作。举个例子，关于我看到那幅油画，这件事本身没有任何作用，也就是说这件事情不会有下文，但我就是想告诉你这件事。因为这件事情对我来说存在着一些意义，就像吉卜赛庄对我有一些意义，或者像桑托尼克斯对我也具有一定意义。

我还真没怎么说起过桑托尼克斯。他是一个建筑师，你们或许已经猜到了。建筑师是另外一件与我无缘的事物，虽然我对造房子多少知道一点。因为开车这份工作，我才得以认识他。当司机那一阵子，我跟着有钱雇主去了几次国外。有两次是德国，我稍微懂一点德语；还去过一两次法国——法语也是半吊子；还有一次是葡萄牙。雇我的都是一些上了年纪的人，他们的财富和健康状况总是成反比。

经常载着这些人出去跑，你会慢慢知道财富真的不是最重要的。有心脏病的话，你就得随身携带很多瓶瓶罐罐的小药片，也更容易对酒店的食物和服务产生抱怨。我认识的大部分有钱人都很悲惨，他们有自己的烦恼。

比如纳税和投资。听听他们围在一起谈论的东西，或者他们对朋友抱怨的话语，太苦恼啦！这些苦恼把他们的半条命都给磨没了。

他们的性生活也并不称心如意。娶回来的长腿金发尤物,不知道在哪儿养着男朋友呢,用的却是他们的钱。或者和一个只会抱怨的女人结了婚,那生活简直就像地狱,妻子一天到晚就会对着他们指指点点。不,我宁愿一个人。迈克·罗杰斯,看看这个世界,只要你喜欢,你可以在任何地点跟着一个漂亮姑娘下车。

当然,世上的事情并不像说起来这么容易,但我能接受。生活是非常有趣的,我也能在各种各样的情况下发现乐趣,这种态度将伴随我的青春。当有一天青春逝去,很多乐趣也会随之流逝。

我还认为,人的一生中也需要其他的——比如某个人,比如某件事……扯远了,我还是接着讲刚才的话题吧。有一位老先生,我常常载他去里维埃拉①,他正在那里造一幢房子,要经常过去监工。桑托尼克斯就是那幢房子的建筑师。我不知道桑托尼克斯究竟是哪国人,一开始我猜他是英国人,虽然我从来没听过像他这么滑稽的名字。后来我又觉得他应该是从类似于斯堪的纳维亚这种地方来的。他身体不好,我一眼就能看出来。他很年轻,身材瘦削,皮肤苍白,有一张古怪的脸——不知道为什么他的脸是歪的,并且两边不对称。他对客人态度很差。你一定以为他们付钱之后就会对他颐指气使吧?不,事实上反而是桑托尼克斯气势汹汹,而且他始终认为自己是对的,其他人都是错的。

这让我们这位老先生气疯了。他一到工地就开始看他们是怎么干活的。我以司机兼杂工的身份在工地上帮忙的时候,好几次都担心这位康斯坦丁先生会被气得引发心脏病或者中风。

"你没照我的话去做!"他嘶吼着,"你花钱太多了!太多太

---

① 地中海沿岸区域,包括意大利的波嫩泰、勒万特和法国的兰岸地区。

多了！这些都没经过我的同意，这样下去会严重超出预算！"

"你说得没错，"桑托尼克斯说，"但是这些钱非花不可。"

"绝不能再花了！绝不能！完工的时候你必须将费用牢牢控制在预算之内，听懂了吗！"

"那你就拥有不了你想要的那种房子了。"桑托尼克斯说，"我很清楚你想要什么。我现在盖的这幢房子就是你最想要的，没人比我更清楚了！别把你那套中产阶级的精打细算用在我身上！你想要一幢有档次的房子，你马上就要拥有了。这会让你在朋友面前特别有面子，他们也会羡慕你。我告诉过你，我不会随随便便替人盖房子。这不是钱的问题，我会用我的双手给你造一幢世界上独一无二的房子。"

"惨了！这下惨了！"

"不，你的毛病就是不知道自己要什么。而其实你是知道的，只是说不上来，不能看清楚它。但是我知道！人们所追求的是什么，人们所渴望的是什么，这些事情我一直都知道！你想要的就是一幢有档次的房子，没问题，我会让它特别有档次！"

他经常会说这些话，我就站在旁边听着。不知何故，我仿佛已经可以看到这幢房子了，它在松树丛中拔地而起，俯瞰海面，绝不普通。它不是以传统的方式朝向海面，而是望着内陆，直到山峰的一处转弯，可以一眼瞥见山林间的天空。这是一幢古怪的房子，一幢非比寻常的房子，简直可以说它巧夺天工。

我下班之后，桑托尼克斯常常和我聊天。他说："我只给我愿意替他造房子的人造房子。"

"你的意思是，有钱人？"

"他们当然一定要有钱，否则也没实力造房子啊。但我计较的并不是钱。我的客人必须富有，因为我造的房屋都耗资巨大。

但光有房屋可不行,你也知道,还得选一个好地方,这一点同样重要。漂亮的石头只是一颗漂亮的石头,就像一颗红宝石或翡翠,不会给你带来更多奇妙的感受。但如果有一个陪衬,那看上去就脱胎换骨了,而且所有的陪衬也都离不开宝石的点缀。你看,我找到了一个好地方作它的陪衬。这块土地原本没有任何特殊意义,直到我的房子在这上面建起,它才会发出珠宝般美丽的光芒。"他一边哈哈大笑,一边看着我,"你听得懂吗?"

"我想我听不懂。"我说得很慢,"但是,从某种角度来说——似乎又懂了。"

"也许吧。"他很有兴趣地看着我。

过了一段时间我们又来到里维埃拉,房子快竣工了。我不打算将它描绘一番,因为我想不出合适的词汇。但它确实很特别,也很美,明眼人一看就知道。这是一幢可以让你引以为豪的住宅,在任何人面前夸耀都不为过。然后有一天,桑托尼克斯突然对我说:"我可以为你造一幢房子,我已经知道你想要的是什么样的房子了。"

我摇头。

"我自己都不知道。"我老老实实地告诉他。

"也许你不知道,但是我知道!"然后他又补上一句,"可惜现在你没钱。"

"以后也不会有那么多钱的。"我说。

"不要这么说。"桑托尼克斯说,"出身贫寒未必说明你永远不会富有。发财之道可能就在不远处等着你。"

"我的野心不够。"我说。

"你没有足够的雄心壮志,你身上这份野心还没被唤醒,但它不会一直沉睡下去,你知道的。"

"好吧。"我说,"等有一天我唤醒了壮志雄心,赚够了钱,我会来找你,对你说:'给我造一幢房子吧。'"

他叹了口气,接着说:"不,我等不了。恐怕我等不了那么久,我来日无多了。再盖个一幢两幢,可能就差不多了吧。谁都不想在年轻的时候就死去……有时候却不得不……我想这也没什么大不了的。"

"那我可得尽快唤醒我的野心了。"

"算了。"桑托尼克斯说,"你现在身体很健康,生活也有很多乐趣,没必要改变生活方式。"

我说:"嗯,那就不改了。"

我想那是对的。我喜欢现在的生活方式,每天都有很多乐趣,健康也从没出过什么问题。我开车载过很多赚大钱的人,他们辛苦工作,结果却得了溃疡、肿瘤,还有很多其他的病痛,都是积劳成疾。我不想为了工作而辛苦自己,尽管觉得自己可以胜任一切工作。这都没什么难的,但是我并没有野心,或者说我不认为自己是个有野心的人。桑托尼克斯倒是一个有野心的人,我看到他设计图纸,然后又把它们付诸实际。设计、画图这些我完全应付不来的事情,全部都是他一手做出来的。他本来就不是一个身强力壮的男人,我认为他为了满足自己的雄心壮志而做的这一切工作,总有一天会要了他的命。我不想工作,就这么简单;我觉得工作是一件让人反感的事儿,人类发明了这个不幸的东西,终究是自讨苦吃罢了。

我经常会想到桑托尼克斯。我对他产生的兴趣,几乎超过了所有我认识的人。我认为人的一生中最古怪的事情就是记忆。有些事情你可以选择记得,或者忘却;但有些事情,你却一定会记得,怎么也忘不掉。

桑托尼克斯和他的房子，还有邦德街的油画、废墟上的拜访、古堡，以及吉卜赛庄的传说，所有这些都是忘不掉的记忆！当然有时我也会回想起曾经遇见过的姑娘，或者载去国外旅游的客人。这些客人都一模一样，沉闷至极。他们总是住在一成不变的旅馆，吃着千篇一律的食物。

在我内心深处，依然有那种奇怪的感觉：要找一个什么东西——找一个专门为我准备的东西，或者专门在我身上发生的事件。我不知道该怎么形容它。我想我可能真的是在找一个女孩子，一个恰好适合我的女孩子。我不是指一位漂亮的、门当户对的女孩，那是我母亲的想法，或者其他一些亲朋好友的想法。我那时对爱情可是完全不懂，对我来说它只意味着男女之事，可能我们这一代人都是这么过来的。我们对爱情谈论得很多，也听到了很多，把它看成是一件非常严肃神圣的事情。但我们不知道，当爱情真正降临在我们头上时，紧接着会发生什么。我们年轻气盛、血气方刚，每当有女孩经过，都会仔细打量人家，欣赏她们的曲线，她们的大腿，还有她们瞟过来的眼神，然后我们会问自己："她们愿不愿意呢？我该不该在她身上耗时间呢？"当你经历的女孩子越多，你就越老练，越容易飘飘然，觉得自己深具吸引力。

我想每个人迟早都会碰到爱情的，而且是突如其来的。我还真的不知道那时到底会怎么样。并不是如别人想象中那般："也许这就是我的女孩吧？她一定就是我的那个女孩吧？"至少当时的我不会这么想，我并不知道爱情来得如此突然。要是我能知道的话，也许我会说："我是属于这个女孩的，我是她的。我完完全全地属于她，因为我一直都是她的。"不，后来我才知道完全不是这么回事。不是有个老喜剧演员曾经说过吗？这是他的拿手笑话之一："我曾经体验过爱情降临的感觉，要是知道它什么时候会再次降临的话，我肯定会躲到国外去。"对我来说也是这样，如果我早知道它会带来什么样的后果，我也应该溜之大吉——当然，如果我有那么聪明的话。

第四章

我没有忘记要去参加拍卖会的计划。

但只剩下三个星期了,这期间我还得去欧洲大陆跑两次,一次法国,一次德国。当我在汉堡时,事情有了变化。

仅仅因为一件小事,我开始讨厌这次坐我车的男人和他的妻子,他们简直是我最憎恶的那类人当中的佼佼者。他们粗鲁、不体谅人、凶神恶煞。给我的感觉是,每天对这种人阿谀奉承,这样的生活我可再也坚持不下去了!不过我跟你说,我依然小心翼翼,尽管觉得多一天也无法忍受了,我还是没有直接说出口。跟付你钱的人搞得不愉快,可不是什么明智的做法。于是我打电话给他们住的饭店,告诉他们我生病了,然后打给伦敦的公司,撒了同样的慌。我说我的病需要隔离治疗,最好还是派别的司机过来接替我。没有人会为此而责怪我,他们甚至连问都问,可能觉得我烧得太厉害了,不便多说。然后我应该再回到伦敦,跟他们描述一下这次的病情。不过我想我可能不会这么做了,因为我对开车这份工作已经厌烦了。

这次反抗是我人生中一个重要的转折点。因为这件事——当然还有其他一些事情——我才得以准时参加拍卖会。

广告板上之前贴着"本宅出售,除非另有私人议价"这样一句话,现在它还在,说明没有人私下议价把它买了。这让我兴奋得有点不知道自己在做什么了。

如我之前所说，我这辈子从来没有参加过这种拍卖会。本来我还以为场面一定非常刺激呢，可是我错了。何止不刺激，这简直是我参加过的最沉闷的场合！在半明半暗的气氛中，只有六七个人在场，拍卖会的主持人也和我见过的那些拍卖家具的主持人风格完全不同。那些人满肚子都是笑话，说句话马上就能把你逗乐。而这位先生，用半死不活的声调说了几句这个地产的好话还有其他一些事情，就有气无力地开始叫价。马上有人开价五千英镑。

主持人病怏怏地笑了一下，就像听到了一个不好笑的笑话。他做了几句评价，接着陆陆续续又有人开价。周围站着的看起来以乡下人居多，有一个人我看着像种田的，有一个我猜是建筑商竞争者之一，还有两个律师。那边还站着一个看上去像是伦敦来的城里人，他神情严肃，衣着考究。我不知道他是否会开价，也许已经开过了吧，想必是用那种安静优雅的手势。

不管怎样，开价竞标的声音渐渐变少，然后没有了，主持人用一种悲凉的声音表示，这次的竞拍价格没有达标，本次拍卖流产了。

"这种买卖很无聊啊。"走出会场的时候，我对身后一个看上去像乡下来的人说道。

"就和往常一样吧。"他说，"你参加过这种拍卖会吗？"

"没有。"我说，"今天是第一次。"

"出于好奇？我好像没看到你开价啊。"

"嗯。"我说，"我只是想看看拍卖会是什么样子的。"

"哦，这就跟其他买卖一样，他们只想知道谁对他们的商品感兴趣。"

我用询问的眼光看着他。

"我跟你说，这次拍卖只有三个人在竞争。"这位朋友说，"从海明斯特来的威斯拜，他是一个建筑商，你知道的；还有戴克汉和柯布，他们替利物浦的一家公司开价。我知道还有一匹黑马，可能是个律师。当然了，也会有其他人参与竞拍，但这几个是主角。而且这个地方会贱卖，大家都这么说。"

"因为它的名声不太好吗？"我问。

"哦，你已经听说过一些吉卜赛庄的传闻了啊。只有乡下人才会说这些风言风语。几年前乡议会就把那条路改造了——那里出事太多了。"

"但确实有很多人说那地方的坏话。"

"我跟你说，这只不过是迷信罢了。无论如何，就像我刚才说的，真正的交易都是在幕后进行的。他们会再去出价，也许利物浦来的那帮人会得到它。我可不认为威斯拜会出多高的价钱，他就喜欢捡便宜，最近有的是地盘等着开发呢。不过话又说回来，能买下这片地的人并不多，得把房子推倒然后再盖一幢，他们会这么做吗？"

"如今这种人好像是不多了。"我说。

"太难了，要交税啊，还有这样那样的一大堆麻烦事，而且在乡下也找不到可以干活的人。现在的人啊，宁愿花几千英镑去城里买一幢摩登公寓十六层中的一个房间。乡下这种又大又空旷的房子，在市场上是一种累赘。"

"但你可以自己建一幢现代化的房子啊。"我表示反对，"这样还能省下点儿钱。"

"可以啊，不过这里的地皮也不便宜，而且人们不太愿意孤零零地住在一个地方。"

"也许有些人喜欢。"我说。

他哈哈大笑,然后我们便分开了。我独自向前走着,紧皱眉头,感觉自己刚刚的争执有点莫名其妙。我并没有特别注意方向,只是信步走上了一条路,道路两旁树木丛生,沿着这条迤逦的路,最终会到达一处荒野。

就在这条路上,我第一次见到了艾丽。之前我说过,她当时站在一棵大树底下,看上去就像——如果非要我解释的话——就好像一个人前一秒还不在那里,下一秒突然出现了,如同从大树中钻出来的一样。她穿着一身暗绿色粗呢大衣,一头如秋天落叶那样柔柔淡淡的棕色头发,身上散发出梦幻般的气质。一看到她我就停下了脚步。她也看着我,朱唇微启,略带惊讶的神色。我想自己看上去应该也是一脸慌乱。我想上前和她聊两句,但又不知道说些什么。最终,我还是开口了。

"抱歉,我……我并不想吓着你,我以为这里没人呢。"

她也说话了,轻柔而温和,好像一个小女孩的声音,又并不完全是。

她说:"不要紧,我也没想到这里还有其他人。"她向周围看了看,"这里——这里是一个安静的地方。"然后微微颤抖了一下。

那天下午确实寒风料峭,但也许并非风的缘故,我说不清。我又上前了一两步。

"这里有点吓人,是吗?"我说,"你看,这些房子都被夷为平地了。"

"古堡。"她若有所思,"它以前叫这个名字。不过,也没看出来它哪里有城堡的样子。"

"我想那只不过是一个名字罢了。"我说,"有些人就喜欢给自己的房子取个类似'古堡'这样的名字,会显得比较高贵。"

"我想是这样的吧。"她浅笑着说,"也许你听说了,这块地方要被卖掉了,今天举行了拍卖会。"

"嗯。"我说,"我刚从拍卖会上回来。"

"啊。"她似乎吃了一惊,"你……你有兴趣吗?"

"不,我不可能买那么一大片废墟,"我说,"没那个打算。"

"它被卖掉了吗?"她问。

"没有,他们出的标还没到它的底价。"

"哦,我明白了。"她听上去如释重负。

"你也想买它?"我问她。

"啊,不是。"她说,"当然不是了。"说到这个话题,她显得有点紧张。

我犹豫了一下,但是话到嘴边,不由得脱口而出:"我是混进去的。"我说,"我买不了——当然,因为我没钱,但我确实很感兴趣。我很想买下它,等有钱了我会买下它的。如果你想笑我的话,尽管张开嘴巴笑吧,可我真的是这么想的。"

"它明明已经那么破旧了……"

"对,没错。"我说,"我的意思不是说想要它现在的样子。我要把它推平,再把残屑全部运走。这幢房子太难看了,我认为它是一幢悲伤的房子。但是这块地方不难看,也不悲伤!相反,它太美了,你看看这里,过来一点,透过这些树,看看这片景致。你可以看到那边的山和沼泽,看到了吗?把这排树木清除掉——接着你到这边来——"

我拖着她的胳膊带她到下一个位置,然后把眼前的景色指给她看。她并没有注意我们之间的举止不太合适。不管怎么说,我没有强迫她,我只是想把看到的风景和她分享。

"这边,"我说,"在这边你可以一眼望到海边,还能看到岩石。那边有一个小镇,但是我们看不到,因为山丘上有一个坡鼓起来了。接着你再看第三个地方,往那边隐隐约约的山谷望去,现在你明白了吧,如果砍掉一些树,开辟一条路,再把房子周围弄干净,你知道你会在这里看到一幢多么美丽的住宅吗?不要在原来的旧址上重建,你得把它向右挪五十到一百码,就在这里,你会拥有一幢美轮美奂的房子,由一位天才建筑师亲自打造。"

"你认识天才建筑师吗?"她的声音听起来略带怀疑。

"我认识一位。"我说。

然后我告诉她关于桑托尼克斯的一些事情。我们坐在一棵倒下的树上,就这么聊了起来。没错,对着这个我之前从没见过的亭亭玉立的女孩,我毫无保留地对她倾诉起我的经历,还有我的梦想。

"我知道这不会实现,"我说,"不可能。但是我能想象出来。我们砍掉这些树,开辟一些空间,再种上一些杜鹃花。我的朋友桑托尼克斯就会过来。虽然他咳得太厉害,可能得了肺痨一类的毛病,但他还是能替我做好这件事情。他能在死之前把这幢房子盖好,一幢美得无与伦比的房子,你想象不出它会是什么样子。他专为那些富翁造房子,还一定得是追求好房子的富翁。不是人们常说的好房子,而是他们梦寐以求的最完美的房子。"

"我也想要这种房子。"艾丽说,"你让我看到了它,感觉到了它……没错,这里是一个安家的好地方。一个人梦想中的东西都成真了——住在这里,自由自在,无忧无虑,没有人会强迫你,做一些你并不想做的事情,而你真正想做的事情却一直没法完成。唉,我讨厌自己的生活,还有那些整天围绕我的人和事。"

整个故事的开头就是这样。艾丽和我在一起,我有我要追求的梦想,她有她要反抗的生活。然后我们不说话了,我凝视着她,她也回望我。

"你叫什么名字?"她说。

"迈克。"我又补充了一句,"迈克·罗杰斯,你呢?"

"芬妮娜。"她犹豫了一下,"芬妮娜·古德曼。"① 她看着我的表情有点苦恼。

似乎我们并未因此而加深了解,但我们还是看着对方。我们都想再次见面——只不过当时都手足无措。

---

① 艾丽是芬妮娜的昵称。

第五章

好了,这就是我和艾丽故事的开始。这段关系的进展不算很快,因为我们都有各自的小秘密不想让对方知道,所以我们一直不能倾诉情感,吐尽心声。这让我们始终很机警,时时刻刻都提防着彼此之间的界限,不能打开天窗说亮话——"我们什么时候再见面?我在哪里可以找到你?你住在哪里?"因为,你也知道,如果我问了她这些问题,她也会问我同样的问题。

告诉我名字的时候,她显得有些惊慌,所以我想这可能不是她的真名。也许是现编的吧,不过我告诉她的是我的真实姓名。

那天我们都不知道该怎么分别,太尴尬了。天气开始转冷,我们都得从古堡走回山下去——但下去之后呢?

我笨拙地试探:"你住在这附近吗?"

她说她住在查德威市场,那个市场所在的小镇离这里不远。我知道那儿有一家三星级的大酒店,可能她就住在那里。她以同样支支吾吾的方式问我:"你住在这边吗?"

"不。"我说,"我不住这边,只是今天过来而已。"

然后又是一阵局促的沉默。她微微颤抖了一下,开始起风了。

"我们最好走走。"我说,"让自己暖和一点。你——自己有车,还是要搭公交车?"

她说她的汽车在村子里,又说:"但是没关系。"

她看上去有点紧张。我觉得她可能想摆脱我，但是不知道怎么开口。我说："那我们走一下，走到村里去，好吗？"

她感激地看了我一眼，于是我们就顺着这条车祸频传的公路蜿蜒而下。当我们来到一处转角时，有个人突然从一株枞树的阴影处冒了出来，把艾丽吓得"啊"地叫了一声。出来的是一个老女人，就是那天我在她家村舍中见过的那个黎婆婆。她今天看起来更粗野了，纠结的黑发随风摆动，一件猩红色的斗篷披在肩上，居高临下的姿态使她看起来高大了许多。

"你们在干什么呢，亲爱的孩子们？"她说，"是什么风把你们刮到吉卜赛庄来了？"

"啊。"艾丽说，"我们并没有擅入私宅，是吗？"

"我看未必！这里过去一直是吉卜赛人的领地，而吉卜赛人却被别人驱赶。你们在这里不会有什么好事，在吉卜赛庄徘徊对你们来说绝对不会是好事。"

艾丽不是那种好勇斗狠的人。她温和有礼地回答："如果我们确实不该来这里的话，那我道歉。我还以为这地方今天被卖掉了。"

"谁买下它谁就倒霉！"老太婆说，"我告诉你，漂亮的姑娘——你真的相当漂亮——不管谁买下了这块地，都会倒霉！这是一个被下过毒咒的地方，这个毒咒已经下了很长时间，很多很多年了。你们最好离它远远的，别再打吉卜赛庄的主意，那只会给你们带来死亡和危险。回你们海外的家吧，不要再到这里来了，别说我没警告过你们。"

艾丽微怒了："我们又没有恶意。"

"行了，黎婆婆。"我说，"别再吓这位年轻的小姐了。"

我转身向艾丽解释："黎婆婆住在这个村子里，她有一间农舍。她还会算命，能未卜先知，简直什么都会，是吗，黎婆婆？"

我对她打趣道。

"我有天赋！"她轻巧地说，同时将自己那副吉卜赛人的身板挺得更直了，"我有这个天赋，天生的，每个人都有。我可以替你算命，小姑娘。把一枚银币放在我的手上，我就会告知你的未来。"

"我想我并不需要。"

"知道未来是很明智的，如果你知道接下来会发生什么，你就知道怎么避开灾祸，知道该在哪里当心一点。来吧，你口袋里有的是钱，我来告诉你一些事情，让你变得明智吧。"

我相信每个女孩对于知晓自己命运的机会都是不会抗拒的。我以前就见识过了，每次我带女孩子去集市，几乎总会掏点钱让她们去占卜者的摊位。果然，艾丽打开她的包，放了两枚五角银币在老太婆的手上。

"哈，漂亮的小宝贝，这就对了嘛。来听听我会告诉你什么吧。"

艾丽脱下手套，把她那双小巧精致的手放到了老太婆的手中。老太婆一边低头看，一边喃喃自语："我看到了什么？我看到了什么？"

她突然一下子把艾丽的手甩开。

"如果我是你的话，就马上离开。走得远远的，再也不回来！我要告诉你的就这么多，而且句句属实，我在你的手心里都看到了。忘掉吉卜赛庄吧，忘掉你所见到的一切。那里不是一座废宅那么简单，那里被下过毒咒啊！"

"你在这件事情上太狂热了吧！"我说得很难听，"再怎么说，这位小姐也和吉卜赛庄没有半点关系。她只是恰好今天走到这里，和这一带根本就没关系。"

这个老太婆没有理我，依然严肃地说："听我说，漂亮的姑娘，我这是在警告你。你的一生都会很幸福，但你一定要懂得躲避危险。千万别到一个藏着危险或者受过毒咒的地方，去那些安全无忧的地方吧，你一定要懂得保护自己，千万记住，否则——否则——"她打了个冷战，"我真不忍心看到，真不忍心看到你的手掌告诉我的一切。"

忽然，她用一种奇怪的手势把两枚五角银币塞回艾丽的手里，嘴里喃喃地说着一些我们听不清楚的话，好像是"太惨了，太惨了，这些要发生的事情啊"。然后转身急匆匆地走了。

"好……好可怕的女人。"艾丽说。

"别理她。"我粗声粗气地说，"我觉得她的脑袋已经坏了一半了，只想把你从这儿吓跑。也许她对这片土地有一种很特殊的感情。"

"这里有过什么灾祸吗？出过什么不幸的事情？"

"肯定有灾祸，你看这条公路的转角，多窄。乡议会从来没有针对这个有过什么措施，那当然会发生一些车祸啊！他们都不重视。"

"只有车祸吗——会不会有什么别的？"

"听我说，"我跟她说，"每个人都喜欢说三道四。而这里也确实常有一些事故发生，所以呢，关于这个地方的风言风语就这么传开了。"

"所以他们才说这地方会贱卖？"

"也许吧，当地人都这么说。不过我想不会卖给当地人，它应该会被盖成商业建筑。你在发抖了。"我说，"来吧，别发抖了，我们走快一点。"然后我又加了一句，"你希望在回到镇上之前和我分开吗？"

"不，当然不啊。我为什么要这么想？"

我鼓起了最大的勇气。

"你看。"我说，"我明天会在查德威市场。我……我想……我不知道你明天还在不在那儿，我想说，我还有没有机会……见你？"

我慢吞吞地走着，脸转向一边。我觉得脸变红了。不过我现在要是不说点儿什么的话，事情就不会有下文了。

"哦，好啊。"她说，"我要明天晚上才回伦敦呢。"

"那么或许……你愿不愿意……我的意思是，我不知道这样是不是有点唐突。"

"不，不唐突。"

"呃，也许你可以来喝杯咖啡。蓝狗，我想那家店是叫这个名字，那地方不错。"我说，"我想说的是，那里——"我明明不想说这个词的，但我还是说了出来，这个词我只在妈妈那里听过一两次，"那里蛮高雅的。"我说得很冒失。

艾丽笑了。这个词在如今这年头听起来确实有点怪。

"我想那肯定是个不错的地方。"艾丽说，"我会来的，大概在四点半左右，你看好吗？"

"我会在那里等你。"我说，"我……我很开心。"

但我说不出来我为什么这么开心。

我们走过了那条路的最后一个转角，周围的房屋渐渐多了起来。

"那么，再见吧。"我说，"明天见。还有，别再想那个老巫婆说的话了，她只是想吓唬人。她不是一直在那儿的。"我又补充了一句。

"你觉得那地方吓人吗?"艾丽问我。

"吉卜赛庄?不,我不觉得。"我说。也许我的口气太果断了,但我真的不认为那个地方有什么吓人的。我仍然像以前那样觉得,那是一个好地方,是一个可以造出漂亮房子的好地方。

好了,这就是我和艾丽初识的经过。第二天我就在查德威市场的"蓝狗"咖啡厅等她,她也来了。我们一起喝茶、聊天。我们依旧很少谈起自己——我是指自己的生活。大部分时间里,聊的都是我们的一些想法,一些感受。然后艾丽看了一眼手表,说她得走了,因为要搭五点半的火车去伦敦。

"我还以为你有辆车在这儿。"我说。

她看上去有点尴尬,说昨天那辆不是她的车。但她没告诉我那车是谁的。尴尬的气氛再次笼罩了我们,我伸手把服务生叫过来埋了单,然后老老实实地跟艾丽说:"我……我还能再见你吗?"

她没有看我,而是低下头盯着桌子。她说:"我要在伦敦住两个星期。"

我说:"那我们在哪里见面呢?"

然后我们定了三天后在摄政公园见面。那天天气不错,我们在一家露天餐馆吃了点东西,接着走到了玛丽女王花园,坐在两张椅子上聊了起来。从那次起,我们开始聊关乎自己的事情了。我告诉她我受过良好的教育,但是学到的东西并不多。我还告诉她我做过的一些工作,以及我如何不安于现状,不愿被束缚,一直在徘徊游移,做做这个,又干干那个。说来真怪,她对于这些都听得相当入迷。

"太特别了。"她说,"太不一样了。"

"怎么不一样？"

"和我不一样。"

"你是个有钱人吗？"我带着点揶揄的口气，"你是个可怜的富家千金。"

"没错。"她说，"我确实是个可怜的富家千金。"

然后她开始断断续续地诉说起她的富家背景，还有那无聊到令人窒息的悠闲生活。她无法自己去交几个真心的朋友，从来没有随心所欲地做过想做的事情，眼睁睁地看着别人都能享受自己的生活，自己却不能。当她还在襁褓中时，母亲过世了，父亲也随即再婚。又过了许多年，父亲也离开了这个世界，她这样诉说着。我推测她不太喜欢继母。艾丽大部分时间都住在美国，偶尔也到国外旅行一阵儿。

这年头，像她这个年纪的女孩居然能生活在一个封闭束缚的环境之下，对我来说有点难以想象。没错，她也去一些聚会和娱乐场所，但从她说话的方式来看，这似乎和距离我五十多年前的生活一般，没有半点亲切和乐趣可言。她与我的生活截然不同，简直判若云泥。我听得很起劲，但同时也觉得，这样的生活真乏味。

"你从来没有交过真正的朋友吗？"我难以置信地说，"男朋友呢？"

"他们是为了我而挑选出来的。"她说得有些悲痛，"他们都太乏味了。"

"这就像坐牢一样。"我说。

"差不多。"

"你真的没有自己的朋友吗？"

"现在有了，我有格丽塔了。"

"格丽塔是谁?"我说。

"一开始她是一个互惠生①——不,也许不是那样的。总之,以前有个法国姑娘跟我住了一年,教我法语。格丽塔是德国人,教我德语。但是格丽塔与众不同,她来了之后,每件事情都不一样了。"

"你很喜欢她吗?"我问道。

"她会帮我。"艾丽说,"她是站在我这边的。有她的安排,我就可以做一些事情,去一些地方,她会替我隐瞒。如果格丽塔没去过吉卜赛庄,我也不会去。我继母在巴黎时,她一直在伦敦陪着我,照顾我。我事先写了两三封信,如果我要去什么地方,格丽塔就会每隔三四天替我寄掉一封,每一封上面都是伦敦的邮戳。"

"但你为什么要去吉卜赛庄呢?"我问道,"为了什么?"

她没有立刻回答我。

"格丽塔和我安排的,她真是太好了。"她接着说,"我想事情,她出主意帮我做。"

"这位格丽塔长什么样呢?"我问。

"噢,格丽塔很漂亮。"她说,"一个高挑的金发女郎,而且她什么都办得到。"

"我想我不会喜欢她。"我说。

艾丽笑了。

"不,你会的。我敢保证你会的。她还很聪明。"

"我不喜欢聪明的姑娘。"我说,"而且我也不喜欢高挑的金

---

① 指未婚女孩(极少情况下也有男孩),到另外一个国家,以完全平等的客人身份在某个家庭生活一段时间,帮助这个家庭照顾儿童或做一些家务。这个家庭为互惠生提供膳宿,每月支付固定数额的零用钱。

发女郎,我喜欢有着秋天树叶般头发的小女孩。"

"我认为你是在嫉妒她。"艾丽说。

"也许吧。因为你太喜欢她了,不是吗?"

"是的,我非常喜欢她,她让我的生活变得截然不同。"

"而且是她建议你到那个地方去的,我在想这是为什么。世界这么大,那块小地方没什么好看、也没什么可做,我觉得有点不可思议。"

"这是我们之间的秘密。"艾丽看上去有点局促不安。

"你的还是格丽塔的?告诉我。"

她摇摇头。"我必须保留一些自己的秘密。"她说。

"你的格丽塔知道你在和我约会吗?"

"她知道我正和某人在一起,就这么多了。她不会问我什么的,她知道我很快乐。"

那天之后,我们有一个星期没见面。她的继母从巴黎回来了,还有一个被她称作弗兰克叔叔的人。几乎是在偶然的闲谈中她才说起自己过了一次生日,他们在伦敦为她准备了一个大聚会。

"我没法脱身。"她说,"那个星期不行。但是再往后——再往后,就又不一样了。"

"为什么再往后就不一样了?"

"那时我就可以做我喜欢做的事了。"

"又是格丽塔帮的忙吗?"

我说到格丽塔时的口气,常常会让艾丽觉得好笑。她说:"你嫉妒她,真是太傻啦。总有一天我要让你见见她,你会喜欢她的。"

"我不喜欢爱指挥的姑娘。"我固执地说。

"你为什么会觉得她爱指挥别人呢?"

"从你的话里感觉出来的。她总是在张罗着什么事情。"

"她非常有效率。"艾丽说,"她把事情都安排得很好,所以我的继母才那么信任她。"

我又问她弗兰克叔叔是谁。

她说:"我对他了解得真的不多。他是我姑姑的丈夫,并不是什么真正的亲戚。我感觉他总是游手好闲的,还惹过几次麻烦。你知道社会上管这种人叫什么吧?"

"社会败类?"我问,"一个坏蛋吗?"

"不,我认为他其实不坏,只是经常在有关财务的事情上陷入窘境。于是他的受托人、律师,或者其他一些人总是要花点钱让他脱困。"

"那就是了。"我说,"他是这个家里的害群之马。比起那位模范的格丽塔来,但愿我能与他相处得更好一些。"

"如果他愿意的话,能让自己非常受欢迎。"艾丽说,"他是一个好伙伴。"

"但你并不是真的喜欢这个人吧?"我尖锐地问。

"我想我是喜欢他的……有时候吧,我也不知道该怎么说。我只是觉得猜不透他到底在想什么,在计划些什么。"

"可能在想什么大生意呢。"

"我看不出他的真实面目。"艾丽再次说道。

她从来没有提过要我见见她的家里人。有好几次我都在犹豫,是不是我应该主动开口,我不知道她到底是怎么想的。最后我还是对她开诚布公了。

"听我说,艾丽。"我说,"你觉得我是不是应该——见见你的家里人?或者你觉得没这个必要?"

"我不想让你和他们见面。"她马上回答道。

"我知道我不怎么样。"我说。

"我不是这个意思,完全不是!我的意思是他们肯定会大惊小怪,我受不了他们这样。"

"有时候我感觉——"我说,"我们太偷偷摸摸见不得人了,一点儿都不光明正大,你不这么觉得吗?"

"我不是小孩子了,可以有自己的朋友。"艾丽说,"我快二十一岁了,到了那个年纪,我自己交个朋友没有人可以干涉。但是现在,你懂吗——你看,就像我刚才说的,他们会小题大做,然后为了阻止我们相见,把我送到一个什么地方去,那样就——不,还是让我们保持现在这种关系吧。"

"如果你觉得这样合适,那我也觉得这样合适。"我说,"我其实并不是想……嗯,把什么事情都了解得一清二楚。"

"这不是了解不了解的问题。我只是想有个朋友可以聊聊天,能对他倾诉一些事情,能和他一起……"她突然微笑了起来,"一起幻想一些事情。你不知道这种感觉多美妙。"

没错,接下来就发生了好多这种事情——幻想!我们在一起的时光,越来越多地以那种方式度过,有时候是我,更多的时候是艾丽。她会说:"幻想一下,我们已经买下了吉卜赛庄,现在正在那里盖一幢房子。"

我告诉过她很多关于桑托尼克斯和他所建造的房子的事情,也试着向她描述那些房子的样子,以及桑托尼克斯的思考方式。我不认为我把它们都描述得很好,因为我不善形容。毫无疑问艾丽对房子有她自己的想法——我们的房子。我们从没有说过"我们的房子"这个词,但我们心领神会。

于是我有一个多星期见不到艾丽了。我取出我的积蓄(虽然并不多），给她买了个小小的三叶草指环作为给她的生日礼物，是绿色的爱尔兰沼石材质。她爱不释手，看上去非常开心。

"真漂亮。"她说。

她并没有佩戴很多珠宝首饰，如果要戴的话，毋庸置疑她也会戴上真正的钻石翡翠这类高档品。但她却喜欢我送的爱尔兰绿戒指。

"这是我最喜欢的生日礼物。"她说。

然后我收到一张她匆匆写就的纸条，说过完了生日，她就要跟家人动身到法国南部去。

"但是你别担心，"她这么写，"两到三周后我们会回来的，还会顺便去美国。但不管怎么说，我们肯定会见面的，我有一些特别的事情要和你谈。"

知道艾丽要到法国去，我感到坐立难安，心神不定。我也打听了一些吉卜赛庄的新消息，似乎有人私人议价买下了它，但具体买主是谁就无从得知了。很明显买主是通过伦敦的一家律师事务所出面购买的。我尝试去打探更多消息，但是无功而返，这家公司在这个问题上非常谨慎，我也没办法接近负责人。我跟他们那儿的一位员工混熟了，但也只打听到一些模模糊糊的信息。据说是被一个很有钱的客户买了下来，他看中了吉卜赛庄良好的增值空间。当这个小镇发展起来之后，这片土地自然也会水涨船高。

要想在一家垄断消息的公司那里打探些什么出来简直太难了，每件事情都是独家机密，好像他们是军情五处[1]还是什么似的。

---

[1] 英国负责国内反间谍、反恐怖主义活动的情报部门。

每个人都代表着其他一些人,而那些人的名字是秘密,投标购买的价格也是秘密!我陷入了一种焦灼难安的可怕状态。随后我决定,还是先别管这些事情了,去看望一下妈妈吧。

我好长时间没去看望她了。

第六章

我的妈妈在同一条街上住了至少有二十年，那条街上的房子虽然质量很好，但缺乏美感，了无生气。

我来到四十六号的门前，台阶一如既往地干净整洁。门铃响过之后，妈妈开了门，站在门口看着我。她看上去也和从前一般无二：高高瘦瘦，灰白色的头发从中间分开，嘴巴像一个捕鼠夹般紧闭着，眼神里永远装满了猜疑。她如同一颗钉子那么强硬，不过只要是和我有关的事，都会触及她心里柔软的部分，即便她从未表现出来过，我也知道这一点。她无时无刻不在盼望我干出一番大事业，但我从来没有办到过。所以我们一直都处在僵局中。

"哦，"她说，"是你啊。"

"没错，"我说，"是我。"

她后退了几步让我过去。我走进屋子，穿过客厅的门来到厨房，她跟在我后面，随后站住了看我。

"真是有好长一段时间啦。"她说，"你都在干什么呢？"

我耸了耸肩。

"到处做做呗。"我说。

"哦。"我妈说，"跟以前一样，是吗？"

"跟以前一样。"我同意这句话。

"从我上次见你到现在,你换过多少工作啦?"

我想了一下,说:"五个。"

"但愿你已经长大了。"

"我确实长大了,"我说,"我的生活方式是自己选择的。你过得怎么样?"我又加了一句。

"也跟以前一样。"我妈说。

"身体挺好的吧?"

"我可没时间浪费在生病上。"她说,然后又突然问我,"回来有什么事?"

"一定要有事我才能来吗?"

"以前都是有事才来的。"

"我搞不明白,为什么你这么强烈地反对我出去看看这个世界?"我说。

"开着豪车到处跑,这就是你说的看看这个世界?"

"当然了。"

"这么做你可没法成功。把客人丢在陌生的城市,突然通知说自己生病了,然后把工作甩一边,这样子怎么可能成功。"

"你怎么知道这事儿的?"

"你的公司打电话过来了,问我知不知道你的地址。"

"他们找我干吗?"

"可能还想聘用你吧。"我妈说,"我不清楚。"

"因为我是个好司机,客人们也都喜欢我。不管怎么说,生病的事我没法控制,是吧?"

"我不知道。"妈妈说。

她看起来态度很明显,那就是生病的事我可以控制。

"你回英国的时候为什么不向他们报到?"

"因为我有其他重要的工作。"我说。

她眉毛扬了起来。"你心思又活络了?又有什么疯狂的主意了?那之后你做的是什么工作?"

"加油站,修车厂,小夜总会餐厅里的临时洗碗工。"

"真是越来越走下坡路了啊。"妈妈的话里带着一股悲凉。

"根本不是。"我说,"这只是计划的一部分,我计划的一部分!"

她叹了口气。"想喝点什么,茶还是咖啡?这儿都有。"

我要了咖啡,我已经过了喝茶的年纪了。我们坐了下来,杯子放在前面,她拿了一块自己做的蛋糕出来,我们一人切了一片。

"你不一样了。"她突然说。

"我?怎么不一样?"

"我不知道,但是你确实不一样了。发生了什么吗?"

"没发生什么啊,能发生什么事呢?"

"你看上去很兴奋。"她说。

"我准备去抢一家银行。"我说。

她并没有被我逗乐,只是说:"不,我倒不担心你干那个。"

"为什么?这年头,抢银行是最简单快捷的致富方法。"

"那需要做太多的工作,"她说,"还要想很多方案。你可不会去做这么费脑筋的事情,而且也不安全。"

"你认为你很了解我。"我说。

"不,不了解。我真的一点都不了解你,因为你和我完全不同。但是我知道你准备做一些事情,你想做什么,迈克?和一个姑娘有关?"

"为什么你觉得会是一个姑娘?"

45

"我就知道有一天这事儿会发生的。"

"你说的'有一天'是什么意思?我也有过很多女朋友啊。"

"不是那个意思,那只是一个年轻小伙子无事可做时的一些消遣。你的女朋友们从来就没断过,但只有这次你是认真的。"

"你觉得我这次认真了?"

"是个姑娘吧,迈克?"

我没有看她的眼睛。我看着别处说:"可以这么说吧。"

"她是哪种类型的女孩?"

"适合我的那种类型。"我说。

"你准备带她来见见我吗?"

"不。"我说。

"觉得没必要?"

"不,不是这样的。我不想伤害你的感情,但是……"

"你没有伤害我的感情。你不想带她来见我,是担心我跟你说'不行',是吗?"

"就算你真这么说,我也不会放在心上的。"

"也许不会,但是它能动摇你。这会让你在内心深处产生一些疑虑,因为我说的话和我的想法你都很在意。我猜中过你的很多事情——猜得很对,你也知道。我是这世界上唯一可以动摇你内心信念的人。是一个坏姑娘把你套牢了吗?"

"坏姑娘?"我大笑着说,"你是没见过她!你这话太好笑了。"

"你想从我这儿要什么?你肯定想要些什么吧,你一直是这样。"

"我想要点钱。"我说。

"打消这个念头吧,你想要钱干吗?花在那个姑娘身上吗?"

"不，"我说，"我要买一套合身的上等衣服去结婚。"

"你想和她结婚？"

"如果她要我的话。"

她吓了一跳。

"只要你想跟我说什么事，"她说，"我就知道要糟糕了。我一直在担心这件事情，那就是你选错对象了！"

"选错对象！见鬼！"我气得咆哮起来。

然后我摔门而出。

第七章

我到家时,发现有封电报在等我——一封来自昂蒂布①的电报。

明天四点半老地方见。

艾丽不一样了,我立刻就这么觉得。我们又一次在摄政公园见了面,刚开始彼此之间还有点羞涩和尴尬。我有话要对她讲,但找不到一种比较好的表达方式。我认为任何男人在求婚的关头都会这样。

她好像也因为什么事而显得有些奇怪,也许是正在考虑如何用最委婉的方式拒绝我。但不知为何,我不相信真是如此。我生命中全部的信念,都建立在这样一个基础上——那就是艾丽爱我。而仅仅因为长大了一岁,她身上就多了某种我几乎难以察觉的新的信心和自主性。过个生日不会给一个女孩带来什么不同吧?她和家里人去法国南部的事情,我也没听她讲多少。

她有点胆怯地开口道:"我……我去看过那幢房子了,你跟我说过的那幢,你的建筑师朋友建的。"

"什么——桑托尼克斯吗?"

---

①法国东南部海港。

"是的，我们有一天去那边吃午饭。"

"怎么办到的？你继母认识住在那儿的人？"

"德米特里·康斯坦丁？这个……并不认识，但我们见到了他——好吧——其实是格丽塔安排我们去那里的。"

"又是格丽塔。"我的声音中渐渐出现了平时常有的恼怒。

"我跟你说过，"她说，"格丽塔很善于安排事情。"

"好的，所以她安排了你和你继母……"

"还有弗兰克叔叔。"艾丽说。

"好一个家庭聚会。"我说，"格丽塔也去了吧，我猜。"

"格丽塔没有来，因为，呃……"艾丽有点迟疑，"寇拉——我的继母，她不会这样对待格丽塔。"

"她不是家庭的一分子，而是一个微不足道的人，是吗？"我说，"事实上，她只是个互惠生，被这样对待，格丽塔肯定有时候会怨恨的。"

"她不是一个互惠生，她是我的同伴。"

"一个女伴。"我说，"一个导游，一个保姆，一个家庭教师——这种词多的是。"

"好了，不要说了。"艾丽说，"我想告诉你，我现在知道你对你那位朋友桑托尼克斯的看法了。那幢房子美轮美奂，的确太……太与众不同了，我想如果他替我们造一幢房子的话，肯定也是无与伦比的。"

她相当无意识地用了这么一个词，我们，她是这么说的。她去里维埃拉，让格丽塔安排所有事情，就是为了看看我曾经向她描述过的房子。因为她要更清楚地瞧瞧我们想要的房子是什么样，那幢梦想世界中的我们的房子，由鲁道夫·桑托尼克斯亲手打造的房子。

"你能这么想我非常高兴。"我说。

她说:"你最近做了些什么呢?"

"还是乏味地工作。"我说,"我还去了一次赛马大会,在一匹不被看好的马身上压了些钱,一赔三十呢。我把所有的钱全压在了上面,最后它以领先一个身位的优势取得了胜利。谁说我还没开运呢?"

"我很高兴你赢了。"艾丽说,但是她的口气听上去一点都不兴奋。因为——把你的全部身家都压在一匹不被看好的赛马身上,而它居然赢了——这件事情在艾丽的世界里根本不代表什么,不像对我来说意义那么大。

"我还去看望了我妈妈。"我加了一句。

"你没怎么说起过你妈妈的事。"

"有什么好说的呢?"

"你不喜欢她吗?"

我想了一会儿。"我不知道。"我说,"有时候我会这么觉得,毕竟一个人长大了,难免会对父母有点抵触。"

"我觉得你很在乎她。"艾丽说,"否则你不会一说起她就这么支支吾吾。"

"在某些方面我真的很怕她。"我说,"她太了解我了,我的意思是,连我最差劲的地方她都相当了解。"

"总是要有这种人的。"艾丽说。

"这话是什么意思?"

"好像是个大作家还是谁说的,在贴身仆人的眼里,没有一个人是英雄。也许每个人都需要这样一个贴身仆人,不然总是活在他人的赞美里,太累了。"

"好吧,你确实挺有想法的,艾丽。"我牵起她的手,"那你对我的一切都了解吗？"

"我想是的。"艾丽说道，她的口气非常冷静。

"我可没和你说太多啊。"

"没错，很多事情你确实闭口不言。但我对你的性格，你这个人本身，却很了解。"

"我不知道你是否真的了解。"我接着说，"这听起来相当愚蠢，因为我要说，我爱你。似乎我说得太晚了，是吗？我想你早就知道这回事儿了，实际上从一开始就知道了吧，是不是？"

"是的。"艾丽说，"你不是也早就知道了吗——关于我的想法。"

"问题是，"我说，"我们该怎么做？这件事可没那么简单，艾丽。你完全清楚我是什么样的人，做过什么样的事，过着什么样的生活。我回去看望母亲，她住在一条看起来不错的老街上，那是和你完全不一样的生活，艾丽。我不知道这两种生活要怎么共处。"

"你可以带我去见你的妈妈。"

"可以是可以，"我说，"但我宁愿不要。我能预料到她会对你说一些很刺耳的话，可能还很残酷。你要明白，我们会一起过一种奇怪的生活。这不是你以前过的生活，也不是我以前的生活方式，而是一种全新的生活。在这种新生活里，我们的一切都将汇集在一起，包括我的贫穷和没文化，也包括你的财富和有教养。我的朋友会认为你是一个傲慢自大的上流人士，而你的朋友则会认为我是一个不登大雅之堂的社会底层混混。所以这一切我们该怎么办呢？"

"我会告诉你，"艾丽说，"我们到底该怎么做。我们要住在吉卜赛庄的一幢房子里，而这幢我们梦想中的房子由你的朋友桑托尼克斯为我们建造,这就是我们要做的事。"然后她又加了一句,"当然我们要先结婚,这也是你的意思,对吗?"

"是的,"我说,"这就是我的意思,如果你觉得这么做对你来说合适的话。"

"那太容易了。"艾丽说,"我们下周就可以结婚。你看,我已经到了法定年龄,现在我可以做我想做的事,这一切都不同了。我认为你对亲朋好友的顾虑也许是对的,所以我不告诉我的家人,你也别告诉你的妈妈,直到所有的事情都办完了,他们就算再反对也没什么关系了。"

"太棒了。"我说,"这太棒了,艾丽。但是有一件事,我真不忍心告诉你。我们不能在吉卜赛庄生活了,艾丽,我们也不能在那里盖我们的家了。因为那儿已经被卖掉了。"

"我知道那儿被卖了。"艾丽笑着说道,"你不知道,迈克,买下那块地的人就是我。"

第八章

我坐在一片草地上,旁边是莲花丛生的溪流,一条小径和几块脚踏石环绕着我们。还有很多人也在我们周围坐着,但我们并没有注意,或者说我们的眼里根本看不到他们。因为和他们一样,我们也是年轻的情侣,正在畅谈着未来。我目不转睛地凝视着身边的女孩,说不出话来。

"迈克。"她说,"有一些……有一些事情我想告诉你,是关于我的。"

"你不用……"我说,"不用把所有事都告诉我的。"

"但我必须说出来。我之前就应该告诉你的,而我没有,因为——因为我怕这会把你吓跑。但是它能解释一些关于吉卜赛庄的事。"

"你买下了它?"我说,"但你是怎么买的呢?"

"通过律师。"她说,"最普通的方法。它真的是一块投资的好地方,你知道的。那片土地肯定会涨价,我的律师对这件事情很得意。"

突然听到艾丽说这番话,感觉有点怪怪的。温柔腼腆的艾丽,对买卖生意居然有这种认知和信心。

"你是为我们而买的吗?"

"是的,我找了个私人的律师,而不是家庭律师。我告诉他我想要做什么,让他去调查一下那个地方,我就着手将一些事情筹备妥当。还有两个人也看中了它,但他们并非真的很渴望得到,出价也不高。最重要的事情就是,所有事务都准备就绪、安排妥当了,只等我年龄一满就签字。现在我签过字了,整件事情也就办成了。"

"但你肯定得有一些存款,或者事先准备过什么啊。你有足够的钱去做这些事吗?"

"没有。"艾丽说,"我事先并没有足够多的钱去做这件事,但肯定会有人给你垫付一下的。如果你找一家新开的法律顾问公司,他们会很乐意和你合作,只要你是一笔巨款的继承人。他们愿意冒这个险,只要你别在生日之前就突然去世。"

"听上去很有条理。"我说,"你让我大吃一惊啊。"

"别再想生意的事情了。"艾丽说,"言归正传吧,我说要告诉你一件事情。这件事情从某个角度来说,我已经告诉过你了,但我不清楚你是否意识到了。"

"我不想知道。"我说话的声音拔高了,几乎是喊了出来,"什么都别告诉我。我不想知道你做过些什么,你喜欢过谁,还是你身上发生过什么事情。"

"根本不是那种事情。"她说,"我真不知道,你还怕那种事情呢。不,不是那些,不是什么感情方面的事情,除了你我没爱过别的人。我想说的是,我——嗯,我很有钱。"

"我知道啊。"我说,"你早就说过了。"

"是的。"艾丽带着微弱的笑容说道,"而且你说我是'可怜的富家千金',但其实比这个还要多一点。我的祖父,你要知道,富可敌国。石油,大部分是石油,还有其他一些产业。他的太太们都已经过世了,只剩下我爸爸和我,因为他的另外两个儿子都死了,一个死在朝鲜,还有一个在车祸中丧生。所以在我爸爸突然撒手人寰之后,庞大的财产都落到了我头上。我父亲身前已经给我继母做过安排,她拿不到更多了,全归我所有。事实上我是全美国最富有的女性之一。"

"老天!"我说,"我不知道。你说得没错,我真的不知道。"

"我不想让你知道。所以我说我叫芬妮娜·古德曼的时候有点担心。其实我姓顾特曼,我想你可能听说过这个姓氏,所以把它稍微含糊了一下,变成了古德曼。"

"是的。"我说,"我依稀听过顾特曼这个姓,但尽管如此我当时也不会马上联想到。很多人的姓名听上去都差不多。"

"这就是为什么,"她说,"我总是被人围困住,好像在坐牢一样。还有一些侦探在暗中监视我,年轻人和我说话前甚至还要被审查。不管什么时候我交了个朋友,他们都会去调查清楚这个人适不适合做我的朋友。你不知道这有多恐怖,简直是可怕的牢狱生活啊!但是现在这一切都过去了,如果你不介意的话——"

"我当然不介意。"我说,"我们将会有很多乐趣。事实上——你的钱再多一点我都不怕。"

我们都笑了。她说:"我喜欢的正是你的自然坦诚。"

"只不过,"我说,"我猜你要为这笔遗产付很多税吧?像我这样的人,总是会对这些事情耿耿于怀,随便多少钱到了我的口袋,我都不会轻易让人家拿走。"

"我们就要有自己的房子啦。"艾丽说,"我们在吉卜赛庄的房子。"就在这时她突然微微哆嗦了一下。

"你不冷吧,亲爱的?"我看着头顶的阳光,说道。

"不。"她说。

那天非常暖和,我们一直沐浴在阳光底下,几乎就像是法国南部的天气。

"不冷。"艾丽说,"只是因为那个——那个女人,那天那个吉卜赛女人。"

"噢,别再想她了。"我说,"她反正是个精神病。"

"你觉得她真的认为那块土地上有毒咒吗?"

"我觉得吉卜赛人都这样,你知道,总是围绕着一些诅咒唱唱跳跳的。"

"你对吉卜赛人了解得多吗?"

"事实上一无所知。"我如实回答,"如果你不想要吉卜赛庄,艾丽,我们可以在别的地方买个房子。在威尔士的高山之巅,西班牙的畔海之滨,或者在意大利的山麓之下,桑托尼克斯也可以在那些地方给我们造房子。"

"不。"艾丽说,"我就要那个地方。在那里我第一次看见你走上公路,突然来到转角处,然后你看到了我,一动不动地看着我。这一幕我永远不会忘记。"

"我也不会。"我说。

"所以,房子就要盖在那个地方,然后由你的朋友桑托尼克斯设计。"

"但愿他还活着。"我带着一丝不安的痛苦说道,"他有病在身。"

"噢,是的。"艾丽说,"他还活着,我去见过他了。"

"你去见过他了?"

"是的,我在法国南部那阵子,他在那边的一个疗养院里。"

"每一分钟,艾丽,你似乎都能让我感到越来越惊奇——关于你所做和所安排的这些事情。"

"我觉得他真是一个相当奇特的人。"艾丽说,"同时也相当可怕。"

"他吓到你了吗?"

"是的,因为一些原因,他把我吓了一跳。"

"你跟他说了我们之间的事?"

"是的。噢,当然了,我对他和盘托出了我们之间的事,还有吉卜赛庄和房子的事。他告诉我,我们要和他一起冒冒险了,因为他的病情相当严重。但是他说他还能在剩下的日子里去看看地形,画画图纸,然后让房子慢慢成形。他说就算在房子竣工之前他就撑不住了,那也没关系。但是我告诉他,"艾丽接着说,"房子完工之前不许死,因为我想让他看着我们住在里面。"

"他说什么了?"

"他问我是不是知道和你结婚意味着什么,我说我当然知道。"

"然后呢?"

"他说他怀疑你到底知不知道自己在干什么。"

"我当然也知道啊。"

"'顾特曼小姐,你总是知道你想要什么。'他说,'你总会去到你想去的地方,因为这是你自己选择的道路。但是迈克,'他说,'可能走上了一条歧路,他还没有成熟到真正了解自己想要什么。'"

"我对他说,"艾丽说,"他和我在一起会非常安全。"

她有良好的自信。我对桑托尼克斯说的话感到非常愤怒,他就像我母亲,似乎总是比我本人还更了解我自己。

"我知道我想要什么。"我说,"我要走的就是我自己想走的路,而且是你和我一起走。"

"他们已经开始把古堡的废墟推平了。"艾丽说。

她开始把话题转为现实。

"只要规划一完成，接下来就是急急忙忙地干活了。我们一定要抓紧时间，桑托尼克斯是这么说的。我们下周二结婚好吗？"艾丽说，"下周二是个好日子。"

"我们谁都不邀请。"我说。

"除了格丽塔。"艾丽说。

"让格丽塔见鬼去。"我说，"我们结婚不用她来。只有你和我，没有旁人。必要的证婚人我们可以在大街上随便拖几个进来。"

现在回想起来，我真觉得，那是我一生中最快乐的时光。

第二部

第九章

就这样,我和艾丽结婚了。这听起来可能有点太突然,但你看,事情真的就是这样,我们决定结婚,于是便结婚了。

但事情并不像爱情小说或童话故事所描绘的结局一样——他们结婚了,从此幸福地生活在了一起。毕竟"幸福地生活在一起"之后,就再也不会有什么戏剧性的变化了。

结婚之后,我们两个人都很快乐。在别人还没来得及给我们制造困难和骚乱之前,这都将是一段愉快的时光,我们也已经为此做好了心理准备。

整件事情出奇的简单。为了渴望中的自由,艾丽现在会很巧妙地掩饰行踪,那位得力的格丽塔也采取了所有必要的措施,在她身后时刻警戒着。不久我也开始意识到,其实没有人真正在乎艾丽,关心她在做什么。她的那位继母沉浸在自己的社交生活和风流韵事中,如果艾丽不愿意跟她去什么地方,不管那是世界的哪一处角落,她都可以不去。艾丽自己就有家庭教师、女仆,还有很好的见识。如果她想去欧洲,为什么不能自己去呢?如果她想要二十一岁生日在伦敦过,那也有何不可呢?

现在她有了一大笔财产,可以自由支配在任意开销上。如果她要一幢里维埃拉的别墅,或者一座科斯塔布拉瓦[①]的城堡,又

[①]西班牙沿海地区。

或者一艘游艇之类的东西，只要她开口，自然会有很多专门绕着富翁打转的跟班替她办到。至于格丽塔，我猜她已被艾丽的家人视为一个得力助手。她很有能力，可以把一切都安排得妥妥帖帖，并善于讨艾丽的继母、叔叔和一些古怪的表兄弟的欢心。艾丽自己雇的律师至少有三位，经常替她打理事务。她的身旁还有一张巨大的财务关系网，包括银行家、律师、基金管理员等。

只有从艾丽无意间的谈话中，我才会时不时窥探到这个世界。当然她也从来没有意识到我对这些事情一窍不通。她从小就生活在其中，耳濡目染，自然而然认定所有人都知道这些事情，以及如何去管理、运作等。

事实上，从对方的生活中窥探到一些自己以前从来没接触过的风景，居然成了我们新婚期间最大的乐趣。说得直白一点吧——我自己说话一向很直白，这也是我习惯新生活的唯一方法——穷人不知道富人是怎么生活的，反之亦然。找出这些不同的地方，对我们来说都很有趣。

有一次我很不安地问她："我说，艾丽，我们的婚姻会不会因为一些可怕的压力而宣告终结？"

艾丽想了想，我注意到她并不是很关心这个问题。

"噢，没错。"她说，"可能会有一些可怕的压力，"她又加了一句，"但我希望你别太介意。"

"我不介意——我有什么好介意的——倒是你，他们会因此为难你吗？"

"我觉得他们会的。"艾丽说，"但用不着理会，因为他们无能为力。"

"但他们还是会试一下？"

"是的。"艾丽说，"他们会试一下。"深思熟虑后她又加了一句,"也许他们会收买你。"

"收买我?"

"别这么惊讶。"艾丽微笑着说,这是一种无忧无虑的小女孩般的笑容,"事实和传言总是有很大出入。"她接着说,"米妮·汤普森的那位就是被收买的,你不知道吧。"

"米妮·汤普森?人们常说的那个石油继承人?"

"是她,没错。她离家出走和一个海滩救生员结婚了。"

"我说,艾丽,"我有点不安地说道,"我在利特尔汉普顿也做过海滩救生员。"

"啊,是吗?好有趣!是长期工作吗?"

"不,当然不是了。只做了一个夏天,仅此而已。"

"我希望你不要担心。"艾丽说。

"米妮·汤普森后来怎么样了?"

"他们把价钱提高到二十万美元才把那男人打发走,"艾丽说,"他不接受更少的条件了。米妮喜欢男人,可脑子也太笨了。"她加了一句。

"你真让我大吃一惊,艾丽。"我说,"原来我不只是娶了位太太,而且还获得了一个机会,可以随时将其转换为金钱。"

"你说得没错。"艾丽说,"找一个厉害点的律师,告诉他你愿意和他开诚布公地谈一谈,他就会安排你离婚,还有你的赡养费事宜。"艾丽继续对我进行"教育","我的继母就结过四次婚,捞了一大笔。"然后她又说,"噢,迈克,别这么吃惊。"

有意思的是,我真的很吃惊。这个愈富裕愈堕落的现代社会,真让我感到厌恶。像艾丽这种小姑娘,对世俗事务居然如此熟悉,而且表现得理所当然,让我觉得很惊讶。尽管我知道艾丽本质是善良的——她天真纯洁,有一种毫不矫揉造作的可爱——

63

但并不意味着她就能对周遭环境毫无知觉。她所了解和接受的，不过是人性中小小的一部分罢了。对于我的世界，她了解得就不多。这个世界有专门骗钱的人，有赛马赌博和贩毒团伙，还有生活中乱七八糟的危险。很多道貌岸然的人生活在我们周围，他们衣着得体、受人尊敬，但一心只想着钱，这个世界我太了解了。还有一位妈妈靠自己的双手辛劳工作，就为了让自己的儿子过得体面。她省吃俭用，攒下每一分钱，儿子却不负责任地浪费一次次机会，还把所有家当都压在一匹赛马身上——这些艾丽都不会了解。

她非常感兴趣地听着我的生活，就像我也很感兴趣地听着她的生活。我们两个仿佛在探索一片陌生的天地。

回过头看，我和艾丽的新婚生活是多么快乐啊。那时我觉得这是理所当然的，艾丽也这么觉得。我们在普利茅斯登记结婚。顾特曼这个姓并不是很罕见，所以不论是记者还是其他人，没有一个知道顾特曼家的继承人在英国。偶尔报纸会模模糊糊地提到几句，说她在意大利或是某某人的游艇上。给我们主持婚礼的是登记处的一位先生，他的秘书和一个中年打字员则充当证婚人。他一本正经地提出了一些忠告，告知我们在婚姻生活中所要担起的重大责任，并祝我们幸福。然后我们出了那个门，就变成了已婚但自由的罗杰斯夫妇！在一家海滨旅馆住了一星期后，我们出国了。接下来的三个星期过得无比畅快，我们想到哪儿玩，就到哪儿玩，完全不用在乎费用。

我们去希腊，去佛罗伦萨，去威尼斯，徜徉在海滨圣地，再去蓝色海岸①，去白云岩山脉②，那些地方如今我有一半都忘了

---

①法属地中海岸的一部分，众多富人和名流的汇聚地。
②位于意大利东北部。

名字。我们坐飞机，包游艇，或者是租又大又漂亮的汽车。我从艾丽那儿得知，当我们沉浸在享受当中时，格丽塔依然在家里为我们做着一些后勤支持。

她也在用她自己的方式旅行——把艾丽留给她的信和各式各样的明信片都转寄出去。

"将来肯定都会结算的。"艾丽说，"他们会像一群秃鹰，向我们猛扑下来。但是在那之前，让我们尽情享受吧。"

"格丽塔怎么办？"我说，"他们发现了之后肯定会对她相当愤怒。"

"那是肯定的。"艾丽说，"但格丽塔不在乎，她很坚强。"

"这会让她很难找到别的工作的。"

"干吗要找别的工作？"艾丽说，"她会来和我们一起生活。"

"不！"我说。

"你说'不'是什么意思，迈克？"

"我们不要任何人和我们一起住。"我说。

"格丽塔不会妨碍我们。"艾丽说，"相反，她还能帮我们不少忙。说真的，要是没了她，我真不知道怎么办，她几乎帮我处理了所有事情。"

我紧皱眉头。"我不想这么做。再说，我们想要属于我们自己的房子——我们的梦中家园，艾丽——这房子是我们的。"

"是的，我知道你的意思。但尽管如此——"她踌躇了一下，"我的意思是，格丽塔没地方住，太可怜了。好歹她和我在一起，替我安排种种事情已经四年了。正是有了她帮忙，我才可以和你结婚，才可以发生这一切。"

"我不想我们之间总是有个人碍手碍脚。"

"但她不是你想的那种人啊，迈克，你都还没见过她呢。"

"是，没错，我知道我没见过她，但见没见过和……和喜不喜欢她根本没关系。我只想要我们两个在一起，艾丽。"

"亲爱的迈克。"艾丽轻柔地说。

我们停止争执，把这件事暂且搁下。

在旅行途中，我们见到了桑托尼克斯。那是在希腊，他住在海边的一个小渔屋里。他看起来病得很严重，比一年前我见到他时更糟了，这让我吓了一跳。他热情地向我和艾丽问好。

"所以你们两个已经结婚了？"他说。

"是啊，"艾丽说，"接下来要盖房子了。"

"我已经给你们画好了图纸，整个平面图。"他对我说，"她跟你说了吗？她是如何过来，如何把我找出来，然后告诉我她的——命令。"他考虑了一会儿，才决定用这个词。

"噢，不是命令！"艾丽说，"只是恳求。"

"你知道我们买了那地方？"我说。

"艾丽发电报告诉了我，还给我寄了很多照片。"

"当然你还是得亲自去看一下。"艾丽说，"也许你不喜欢那地方呢？"

"不，我喜欢。"

"还没见到之前，可不能说喜欢不喜欢。"

"但我已经见过了，孩子。五天前我坐飞机去过那里，还见到了你的一位脸瘦瘦的律师——英国的那位。"

"克劳福德先生？"

"就是他。事实上，整个工程的运作已经开始了，推平地面，从老房子那儿把残砖破瓦运走，打基石，修下水道。你们回到英国时，我会在那里等你们。"然后他把平面图拿出来，跟我们一块儿坐下，边看边谈论房子的模样。除了那份建筑平面图，甚至还有一张简单的水彩素描。

"你喜欢吗,迈克?"

我深深吸了口气。

"当然。"我说,"正如我想的一样,就是要这样的房子。"

"你说起它的次数够多啦,迈克。有时候我甚至会胡思乱想,莫非那片土地在你身上施了什么法术,让你爱上了那幢房子,就算它不属于你,就算你看不到它,或者就算它根本不会被建起来。"

"但现在这幢房子就要开始建造了。"艾丽说,"美梦要成真了,是吗?"

"但上帝是不是允许,"桑托尼克斯说,"这却由不得我了。"

"你没有——没有好一点吗?"我怀疑地说。

"你的笨脑袋还记得吗?我不会好起来了,命中注定不会了。"

"胡说八道。"我说,"人们一直在发明新的疗法。那些医生都是阴险的坏蛋,他们放弃了治疗,让病人去等死,结果被别人嘲笑,因为病人又多活了五十岁。"

"我欣赏你的乐观,迈克,但我的病不是那种。他们把你送进医院,给你换血,然后你又能活短短一阵子,如此循环,但每做一次你都会越发虚弱。"

"你很勇敢。"艾丽说。

"噢,不,我不勇敢。一件事情已经无能为力了,那就谈不上什么勇敢了。你能做的,就只是给自己找点安慰。"

"盖房子吗?"

"不,不是那个。生命力越来越弱,盖房子也就越来越艰难了,不再轻而易举,力气不断地流失。我说的安慰是指别的,有时候是一些非常奇怪的事情。"

"我无法理解。"我说。

"对，你不会理解的，迈克。我不知道艾丽是否能理解，也许吧。"他接着说下去，好像不是在对着我们，而是自言自语，"虚弱和强壮，这两样东西一直是在一起的，它们轮流支配你。现在正是虚弱让我的生命丧失活力，力气也逐渐衰竭。现在在做什么事情完全不重要，你明白吧？不管怎样你总是要死的，所以你可以随自己高兴，做任何事情，没什么能阻挡你，没什么能妨碍你。我可以在雅典的大街上走着，来来往往的男人女人，哪个看着不顺眼，就一枪把他打死。你们好好想想这种景象。"

"警察照样可以把你逮捕。"我指出这一点。

"他们当然可以，但他们还能做什么？最多要了我的命，但我这条命，在很短的时间内就要被一股比法律更强大的力量拿去了。那他们还能做什么？把我送到监狱里，待个二三十年？不是更讽刺了吗？已经没有二三十年的时间给我去服刑了。半年、一年，最多一年半吧，没有人可以对我做什么了。所以在这段剩下来的时间里，我就是国王，我可以做任何想做的，有时候这真是一个叫人兴奋的想法。只不过——只不过，你明白吧，对我来说没有太多诱惑了，因为没有什么特别轰动，或者无法无天的事情是我想做的。"

在我们离开他，驶回雅典的途中，艾丽对我说："他真是一个怪人，有时候我有点怕他。"

"怕鲁道夫·桑托尼克斯？为什么？"

"因为他和别人不一样，有一种——我不知道怎么说，有一种冷酷和傲慢在他身上。而且我认为，他试着告诉我们，在知道自己的时间所剩无几的情况下，他会更傲慢无情。假如……"艾丽看向我的表情有点激动,她带着强烈的情绪接着说,"假如他替我们造好了那幢可爱的宅邸,房子就在悬崖边缘,围着一圈松林。假如我们搬过去了,他在家门口欢迎我们,让我们进去,然后——"

"然后怎样,艾丽?"

"然后,假如他跟着我们进去,从后面把门缓缓关上,在门口把我们杀了,割断我们的喉咙或者什么的。"

"你吓到我了,艾丽。你想得太多了!"

"你和我之间的麻烦,迈克,就是我们没有生活在现实世界里。我们梦想和幻想中的事情也有可能永远不会发生。"

"别再想一些关于吉卜赛庄的坏事了。"

"都是因为这个名字,我想,还有它上面的毒咒。"

"根本没有什么毒咒。"我大声喊道,"都是胡扯,快忘了吧!"

这些事情都发生在希腊。

第十章

我想，事情是那之后的某一天发生的吧，当时我们正在雅典。

参观雅典卫城时，艾丽忽然看到某个认识的人，于是向她跑去。那是一群从希腊游轮上下来的游客，其中一个三十五岁左右的女人离开旅行团，也向着我们奔过来，高兴地呼喊着："真没想到啊，是你吗，艾丽·顾特曼？你在这儿干什么呢，旅游吗？"

"不。"艾丽说，"只是逗留一下。"

"但是能在这儿见到你真是太好啦！寇拉呢，她也在这儿吗？"

"不，我想寇拉现在应该在萨尔茨堡①吧。"

"这样啊。"

然后这个女人看向我，艾丽平静地说："让我来介绍一下——罗杰斯先生，本宁顿太太。"

"幸会。那你们打算在这里逗留多久呢？"

"我们明天就走。"艾丽说。

"啊，亲爱的，如果再不走的话，我可就要脱团了。关于这些景点的介绍我一个字都不想错过，他们有点急急忙忙的，你知

---

①奥地利城市。

道，每一天下来都搞得我都筋疲力尽。那我们什么时候再见，一起喝一杯？"

"今天可不行了。"艾丽说，"我们就要走了。"

本宁顿太太急匆匆跑回了旅行团。艾丽跟着我一步步走上雅典卫城的城楼，然后又转身往下走。

"现在事情都摊开了，不是吗？"她对我说。

"什么事情摊开了？"

沉默了一两分钟之后，艾丽叹了口气："我今晚必须写封信。"

"写给谁？"

"噢，写给寇拉，还有弗兰克叔叔。我想，还有安德鲁叔叔。"

"安德鲁叔叔是谁？以前也没听你说起过他。"

"安德鲁·利平科特，他并非真是我叔叔，而是我的监护人，或者说是财产受托人，随便你怎么叫吧。他是个律师，一个非常有名的律师。"

"你要和他们说什么？"

"告诉他们我结婚了。我可不能贸然对诺拉·本宁顿说'让我介绍一下，这位是我丈夫'，她会大呼小叫的，还有'我从来没听说你已经结婚了啊，快把这一切都告诉我，亲爱的'诸如此类的话。只有让我的继母、弗兰克叔叔、安德鲁叔叔他们先知道这件事情，才是正确的做法。"她叹了口气，"好了，目前为止我们度过了一段非常美妙的时光。"

"他们会怎么说？或者采取什么措施？"我说。

"小题大做，我猜是这样。"艾丽用她那平静的口吻说着，"如果他们有所行动，那也不要紧，过一阵子他们会想通的。但还是免不了要和他们面对面谈一下。我们去纽约吧,好吗?"她探询地望着我。

"不,"我说,"我不愿意。"

"那也许可以让他们来伦敦,或者他们中的几个人来,你看这样会不会好一些?"

"一点都不好!我只想和你在一起,到桑托尼克斯那儿去,看着我们的房子一砖一瓦地盖起来。"

"我们当然可以。"艾丽说,"毕竟,和我的家人见个面不会太久的,一会儿就好了。不是我们飞到他们那儿,就是他们飞到我们这儿。"

"你说你的继母在萨尔茨堡。"

"噢,我只是随口说说而已,如果我说我不知道她在哪里,那就显得有点古怪。没错——"艾丽叹了口气,说,"我们要回家挨个见见他们,迈克,我希望你别太介意。"

"介意什么——你的家人?"

"是的,他们如果为难你的话,你别太介意。"

"我想,这是和你结婚所必须付出的代价。"我说,"我可以忍受。"

"那你妈妈呢?"艾丽考虑良久后说道。

"看在上帝的分上,艾丽,别安排你那位衣着华丽、爱摆架子的继母和我那位住在偏僻小街的妈妈见面。你觉得她们之间能说些什么?"

"如果寇拉是我的亲生母亲,那她们之间就有很多话题可以说了。"艾丽说,"我希望你别太纠结于社会地位,迈克。"

"我?"我难以置信地说道,"你们美国人常说的那句话是什么来着——出身贫寒,是吗?"

"但你也不用老是把这个说出来,搞得尽人皆知啊。"

"我不知道穿什么样的衣服是合适的。"我苦涩地说,"我也不知道用什么样的方式去谈事情是正确的;我对画画、艺术、音乐这些东西一窍不通,我才刚学会应该给谁小费,以及给多少合适。"

"你不觉得这样的生活更有趣吗?我是这么认为的。"

"无论如何,"我说,"别把我妈妈牵扯进你们那一家子人里面。"

"我并不打算把任何人牵扯到任何事里面去。但我还是认为,迈克,回到英国后我应该去见一下你妈妈。"

"不!"我爆炸般怒吼道。

她看着我,明显吓了一跳。

"为什么不,迈克?我觉得,抛开别的不说,我不去看一下她显得很没礼貌。你告诉她你结婚了吗?"

"还没有。"

"为什么不说?"

我没有回答。

"告诉她你结婚了,等我们回英国后,再带我去见她,不是最简单不过了吗?"

"不。"我又说了一遍。这次我态度没有那么火爆了,但语气依然相当郑重。

"你不想让我见她。"艾丽缓缓说道。

我当然不想,这已经很明显了。我唯一能做的就是跟艾丽解释一下,但我不知道怎么开口。

"我想这么做不太合适。"我缓缓地说道,"你一定要见她的话,肯定会惹出麻烦的。"

"你觉得她不会喜欢我?"

"没人会不喜欢你,但是这样做——噢,我不知道该怎么说。这会让她心烦,给她带来困扰,毕竟……我和你的身份地位太悬殊了,就因为这种老式的观念,她不会喜欢的。"

艾丽缓缓摇了摇头。

"现如今还会有人抱这种观念吗?"

"当然有了,在你的国家也有这种人。"

"是,"她说,"可能是这样,但——也有一些成功人士……"

"你意思是一个赚了很多钱的人。"

"嗯……也不止是钱。"

"不,"我说,"就是钱。如果一个人赚了很多钱,那别人就会欣赏他,尊重他,这个时候就不会有人在乎他的出身了。"

"看来在哪儿都一样啊。"艾丽说。

"求你了,艾丽,"我说,"别去看我妈妈了,好吗?"

"我还是觉得不礼貌。"

"不,这么做反而是为我妈妈好。我跟你说过了,她要是知道了肯定会烦躁不安。"

"但你一定要告诉她你结婚了。"

"好吧,"我说,"我会告诉她的。"

我想,从国外写封信告诉我妈妈,这样更容易开口一些。那天晚上,当艾丽给安德鲁叔叔、弗兰克叔叔,还有她的继母寇拉·范·史蒂文森特写信的时候,我也在给我母亲写信,信很短。

"亲爱的妈妈,"我写道,"有件事情我本该早就对你说,但当时我难以启齿——我已经结婚三个星期了。事情来得有点突然。她是一个漂亮、迷人的姑娘,而且非常有钱,所以有时候我会有点尴尬。我们打算在乡下盖一幢房子。目前我们正在欧洲旅游。祝一切都好,你的迈克。"

那天晚上两封信寄出之后,等来的答复却很不一样。隔了一个星期,我收到了母亲的回信,内容很显然是她的风格。

"亲爱的迈克,很高兴收到你的信。希望你会幸福。亲爱的妈妈。"

正如艾丽所料,她那边可就天下大乱了。我们捅了个马蜂窝,大群记者围追堵截要报导我们的婚事,报纸上到处充斥着顾特曼家族继承人浪漫私奔的故事。银行家和律师们的信也纷至沓来,最后终于定下了正式的会面。我们先在吉卜赛庄和桑托尼克斯碰了个面,看了他的计划,讨论了一些细节,将工程安排就绪之后便来到伦敦,在克拉里奇酒店订好套房——就像书里老话说的——准备接受检阅。

第一个到的是安德鲁·利平科特先生,他是一个老人,高高瘦瘦,举止彬彬有礼,看起来很严肃,一丝不苟。他来自波士顿,但口音听上去不像美国人。我们在电话里就商量好了,他会在两点来我们房间拜访。我知道艾丽很紧张,尽管她装成若无其事的样子。

利平科特先生亲吻了艾丽,然后对我伸出手,脸上挂着令人舒心的笑容。

"噢,我亲爱的艾丽,你看起来精神很好,可以说是容光焕发。"

"您好吗,安德鲁叔叔?您是怎么来的,坐飞机?"

"不,我是坐玛丽王后号[①]来的,真是一次美妙的旅程。这

[①] 皇家邮轮玛丽王后号(RMS Queen Mary),隶属英国卡纳德轮船公司,是第二次世界大战前欧洲上流社会歌舞升平的奢华生活达到顶峰时的产物,是一座浮动的海上皇宫。

位就是你的丈夫吧?"

"是,他就是迈克。"

我表现出很得体的样子,或者说我认为自己很得体。

"幸会,先生。"我说。

然后我问他要不要喝一杯,他客气地谢绝了。他在一张带着镀金扶手的直背椅上坐了下来,依旧面带微笑,在艾丽和我之间来回看着。

"好了,"他说,"你们年轻人真让我们吃了一惊。这一切都很浪漫,是吧?"

"我很抱歉,"艾丽说,"真的非常抱歉。"

"是吗?"利平科特先生冷冷地说。

"我想那是最好的方式了。"艾丽说。

"在这一点上我可不认同你,亲爱的。"

"安德鲁叔叔,"艾丽说,"您很清楚,如果不是用那种方式的话,所有人都会大惊小怪的。"

"为什么大家要大惊小怪?"

"您知道他们一向如此。"艾丽说,并略带谴责地加了一句,"您也会的。"她接着说道,"我已经收到两封寇拉的信了,昨天一封,今天早上又来了一封。"

"你就别太较真了,亲爱的。现在这种情况下,他们焦急也是正常的,不是吗?"

"我要和谁结婚,怎么结婚,在哪儿结婚——这些都是我自己的事。"

"你可以这么想,但你要知道,无论哪家的姑娘都不会被允许这么做的。"

"说真的,我还替大家省了很多麻烦。"

"你可以这么说。"

"这是事实啊,难道不是吗?"

"但你也确实一直在欺瞒我们,在某人的帮助下——那个人应该知道怎么做更适合的。"

艾丽脸红了。

"您说格丽塔吗?她做的事都是我要求的,他们对她很不满吗?"

"当然了,无论你还是她,应该早就知道最后肯定会这样,不是吗?本来——记住——本来她深受我们信任。"

"我已经成年了,可以做我想做的事。"

"我说的是你成年之前。欺瞒从那时候就开始了,不是吗?"

"你不能责怪艾丽,先生。"我说,"刚开始的时候我们都不知道接下去会怎样,加上她的亲戚都在另外的国家,沟通起来也不方便。"

"据我所知,"利平科特先生说,"格丽塔给范·史蒂文森特夫人以及我本人寄过一些信,而这些信是艾丽要求她转寄的。这件事情,要我说的话,做得真的很漂亮。你见过格丽塔·安德森了吗,迈克——因为你是艾丽的丈夫,所以我就直呼你迈克了。"

"当然,"我说,"就叫我迈克吧。我还没有见过安德森小姐。"

"真的?太让我意外了。"他注视着我的脸,考虑了很久,"我还以为你们婚礼的时候,她也在场呢。"

"不,格丽塔不在。"艾丽说。她略带责备地看了我一眼,让我感到有点不安。

利平科特先生依然若有所思地盯着我看,我感觉很不自在。他想再说点儿什么,但是又改变主意了。

"恐怕，"过了一会儿，他说，"迈克和艾丽，你们两个不得不承受一些来自艾丽家庭的批评与责难了。"

"我想，这些都会一下子朝我们扑来的。"艾丽说。

"非常可能。"利平科特先生说，"我试着在中间调解一下。"他又加了一句。

"您站在我们这边，安德鲁叔叔？"艾丽笑着对他说。

"对一个审慎的律师来说，我能做的也就仅此而已了。生活经验告诉我，接受既定事实才是最明智的做法。你们两个彼此相爱并结婚，而且据我所知，还在英国南部买了一块地，准备造一幢房子。看来，你们打算在这个国家生活？"

"是的，我们打算在这里安家。你反对我们这么做吗？"我的声音带着微怒，"艾丽已经嫁给我了，她现在是英国公民，有什么理由不能在英国生活？"

"是没有理由。事实上，艾丽住在任何喜欢的国家都没有理由遭到反对，或者还不止一个国家。你在拿骚①还有一幢房子呢，记得吗，艾丽？"

"我一直以为那是寇拉的呢，她表现得就像是那房子的主人一样。"

"可实际上产权归你所有。在长岛②也有一幢你的房子，你随时可以去。你还是西部很多油田的主人。"他的声音和蔼可亲，但我有一种感觉，这番话好像是冲着我说的，他是想要在我和艾丽之间制造一些芥蒂？我不确定。对一个一文不名，但妻子家缠万贯的男人说这番话，似乎不太合适。要我猜的话，他应该希望限制艾丽的产权、钱财，还有其他重要的东西。如果我如他所

---

① 巴哈马首都。
② 美国纽约州东南部岛屿。

想，真的是贪图艾丽的财产，那么这才是我在乎的。但是我也意识到利平科特先生是个让人捉摸不透的人，无论什么时候，想要了解他的意图都很困难，一切都被他隐藏在了彬彬有礼的外表之下。他是在试图用自己的方法让我感觉不自在，让我意识到我那块"贪图钱财"的招牌有多明显吗？

他对艾丽说："我带了很多法律文件来，需要你和我一同商议，艾丽。其实还有些需要你的确认和签字。"

"好的，安德鲁叔叔，随时都行。"

"正如你所说，随时都行，我们不着急。我在伦敦还有其他一些事情要办，我会在这儿待十天左右。"

十天，我想，真是一段不短的时间。我不希望利平科特先生在这里待满十天。他表现出对我很友好的样子，尽管如此，在某些事情上他还是保留了自己的意见。想到这里，我却又开始怀疑，他究竟是不是我的敌人。如果是的话，那他就是不和你正面交锋的类型。

"好了，"他接着说，"开场白已经说完了，就像你会说的——是时候为未来去达成一些协定了。我想和你这位丈夫做一个短暂的单独交流。"

艾丽说："你可以对着我们两个说。"她有点激动地抗议，我把手放在她的肩上。

"别激动，宝贝儿，你现在可不是要保护小鸡的母鸡。"我温柔地把她推到卧室门那里。

"安德鲁叔叔想了解了解我。"我说，"他有权这么做。"

我温柔地把她推过双重隔门，然后把它们都关上了，回到房间。这是一间又大又漂亮的客厅，我拿了把椅子，坐在利平科特先生的对面。

"好了,"我说,"开火吧。"

"谢谢你,迈克。"他说,"首先请你放心,我并非如你所想的是一个敌人,在任何方面都不是。"

"哦,"我说,"很高兴你这么说。"我对此表示怀疑。

"我坦率地跟你说吧,"利平科特先生说,"比面对艾丽时更加坦率地说几句。你可能还没有真正了解,迈克,艾丽是一个过于温柔和可爱的女孩。"

"你不必担心,我真的很爱她。"

"那不是一回事。"利平科特先生用他那干巴巴的口气说,"我希望就像你用心爱她一样,你也可以了解她的可爱之处,以及有时候她是一个多么脆弱的人。"

"我会尽力的,"我说,"而且我也认为这并不是什么难事,艾丽太出色了。"

"所以我就接着说下去了。我想把话都摊开在台面上,开诚布公地聊聊。你不是我希望艾丽嫁的那类年轻人,就像她家里人那样,我也希望她能找一个门当户对的人……"

"换句话说,一个富家少爷。"我说。

"不,不单是钱的问题。相似的家庭背景,在我看来,是美满婚姻的基础。我所说的并不是什么势利的想法。毕竟,赫尔曼·顾特曼,她的祖父,是从做码头工人开始的,最后他变成了美国最有钱的人之一。"

"你知道,我也可能会这样。"我说,"我也许会变成英国最有钱的人之一。"

"凡事皆有可能。"利平科特先生说,"你有这份野心吗?"

"不只是钱。"我说,"我想有所成就,干一番大事,还有——"我犹豫着,没有继续往下说。

"你确实有野心,可以这么说吗?不错,这是一件好事,我可以确定。"

"我还差得远呢。"我说,"一切从零开始。我一无所有,是个无名小卒,可也不会去冒充什么别的身份。"

他点头表示同意。

"说得不错,也足够坦白,我很欣赏。迈克,我和艾丽没有血缘关系,但我是她的监护人,她祖父将她托付给了我,要我管理她的财产和投资事宜,这些都关乎我的责任。所以我要尽可能多地了解她选择的丈夫。"

"嗯。"我说,"你可以去调查一下,我想,很容易就能知道关于我的一切。"

"确实如此。"利平科特先生说,"这是一种非常聪明的方法。但是说实话,迈克,我更想让你亲口告诉我这些事。我很乐意听你自己讲述之前的生活经历。"

我当然不想说。料想他也知道,处在我的位置上,没有一个人愿意说。人的第二天性就是把自己最好的一面展示出来。我从上学那会儿就开始这样了,把一些小事夸夸其谈,再添油加醋一番。没什么好羞愧的,我觉得这很自然。如果你想活下去的话,这些事情是非做不可的——为自己营造一个好形象。别人对你的看法取决于你的自我评价,我不想成为狄更斯笔下的那个小伙子——很多人是在电视上认识他的,我必须承认那真是一个好故事。他好像叫尤利亚[①]吧,总是卑躬屈膝地搓着双手,其实在谦卑的伪装下,不知道正打着什么坏主意呢。我可不要像他一样。

我随时可以跟遇到的小伙子吹嘘一番,或者在一个即将成

[①] 狄更斯小说《大卫·科波菲尔》中的人物,尤利亚·希普(Uriah Heep)。

为我雇主的人面前留下绝好印象。毕竟，你有最好的一面，也有最差的一面，后者就没必要反复提及了。没错，在我自己的描述里，目前为止所有的经历都是最棒的，但在利平科特先生面前，我不想吹嘘。他虽然表现得不屑于进行私人调查，可我还是不敢保证，他是否真的没有去挖我过去的经历。所以我把一切都不加粉饰地和盘托出。

一开始很悲惨，我父亲是个酒鬼，但是我母亲很好，她拼命工作，供我上学接受教育。我并没有隐瞒曾经游手好闲的事实——我的工作像走马灯似的一个一个地换。他是一个很好的聆听者，鼓励你一直说下去。尽管如此，我仍然时不时察觉到他的精明。他只是偶尔插几个小问题，或者几句评论，但有些评论会让我不设防地扎进去，急于承认或否认。

没错，他给我一种感觉，我必须小心谨慎，步步为营。十分钟之后，他靠在椅背上，这次审讯——如果可以这么说的话，尽管不太像——结束了。我如释重负。

"你对生活有一种冒险进取的态度，罗杰斯先生——迈克，这没什么不好。再给我讲讲你和艾丽正在盖的房子吧。"

"好的，"我说，"它离一个叫查德威市场的小镇不远。"

"是的，"他说，"我知道在哪儿。其实我已经去看过了，确切地说，就在昨天。"

我感到很惊讶，这表明他是一个老奸巨猾的人，知道的事情远比你想象中更多。

"那是个漂亮的地方。"我小心地说道，"我们也准备造一幢漂亮的房子。建筑师是个叫桑托尼克斯的人，鲁道夫·桑托尼克斯，我不知道你有没有听说过这个名字，但——"

"噢，听说过。"利平科特先生说，"他在建筑界很有名。"

"我相信他在美国也造过房子。"

"是的,他是个很有天赋的建筑师,前途无限。不幸的是,我知道他健康状况不太好。"

"他认为自己快要死了,"我说,"但我不这么认为。我相信他会痊愈康复的,医生说的话不可尽信。"

"我希望你的乐观不是随口说说的,你是个乐观的人。"

"我只是对桑托尼克斯乐观。"

"希望你的愿望都能成真。我要说,你和艾丽进行了一次绝佳的投资——你们买的那块地。"

他用了"你们"这个代词,我觉得很中听。他没有挑明,其实那地方是艾丽一手买下来的。

"我已经咨询过克劳福德先生了。"

"克劳福德?"我微微皱起眉头。

"'里斯和克劳福德'的合伙人,那是一家英国的律师事务所。他亲自经手了交易。这家律师事务所不错,用很便宜的价格就完成了交易。我甚至在想,这未免也太便宜了。我对英国的地价很熟悉,这么便宜的价格让我想不通,我猜克劳福德先生自己也很惊讶,居然这么便宜就买下了。不知道你是否了解个中原因,为什么售价低得如此离谱。克劳福德先生没有对此发表任何想法,事实上当我问他的时候,他还显得有些尴尬。"

"噢,是这样的。"我说,"那地方被下了毒咒。"

"麻烦你再说一遍,迈克,你刚刚说什么?"

"一个毒咒,先生。"我向他解释,"吉卜赛人的警告这一类的,当地人都爱叫它'吉卜赛庄'。"

"有什么故事吗?"

"是的,太混乱了,我不知道有多少是人们杜撰的,有多少是真实情况。很久之前那里有一桩凶杀惨案，一对夫妇，还有另一个男的。有些版本说丈夫开枪打死了另外两个，然后饮弹自尽，至少法院是这么判的。但是还有其他版本的故事满天飞，我认为没人知道到底是怎么回事，太久远了。那地方也被转手了四五次，不过没人待得长久。"

"啊，"利平科特先生恍然大悟，"是的，相当典型的英国民间传说。"他好奇地打量着我，问："你和艾丽不怕毒咒吗？"他语气轻松，脸上带着一丝浅笑。

"当然不怕。"我说，"艾丽和我都不相信这种谣言。事实上，正因为它，地皮才被贱卖了，我觉得挺幸运。"说到这里，我突然想，对普通人来说确实是幸运，但艾丽有这么多财产，价格是便宜还是昂贵，她都不会在乎。转念一想，不，我刚才的想法不对，毕竟她祖父是从码头工人发展成百万富翁的，他们这类人总是想着低买高卖。

"好，我并不迷信。"利平科特先生说，"那地方也着实不错。"然后他犹豫了一下，"我只希望，当你们住进去的时候，尽量别让艾丽听到这些传闻。"

"我会尽我所能。"我说，"我想不会有人对她说这些的。"

"乡下人非常喜欢散播这一类故事。"利平科特先生说，"而艾丽，记住，并不像你这样坚强，她很容易就会受到影响。在某些方面，我……"他没有接着往下说，只是用手指敲着桌面。然后他又说："现在我想和你谈一件不太好办的事。你之前说你从没见过格丽塔·安德森？"

"是的，如我所说，我还从没见过她呢。"

"好奇怪，真的太奇怪了。"

"奇怪吗？"我带着询问的眼光看他。

"我本以为你肯定见过她了。"他缓缓说道,"你对她了解多少?"

"我知道她跟着艾丽有一段时间了。"

"从艾丽十七岁起,她就一直跟在旁边。她身上是有责任的,我们也很信任她。刚开始她在美国担任艾丽的秘书及同伴,当范·史蒂文森特夫人不在家的时候,她也充当监护人的角色,而且我可以说,这种情况频繁发生。"说到这里,他的口气变得十分生硬,"我想,她出身良好,有一半瑞典血统和一半德国血统。自然而然地,艾丽开始信赖她。"

"我想也是。"我说。

"有时候,我觉得艾丽过于依赖她了。这么说你不介意吧?"

"不,当然不介意。其实我——好吧,我也这么想过。格丽塔这个,格丽塔那个。虽然我知道与我无关,但有时候会感到很厌烦。"

"那她还没有表示过希望你见一下格丽塔吗?"

"怎么说呢,"我说,"解释起来有点复杂。没错,她是对我提过一两次,但是……但是我们都把精力集中在对方身上。而且,我也不想见格丽塔,我不希望我和艾丽之间有别人。"

"我明白,我完全明白。但是艾丽没有提议让格丽塔来参加婚礼吗?"

"她确实这么提议过。"我说。

"但是——但是你不想让她来,为什么?"

"不知道,我真的不知道。我只是觉得这位格丽塔——不管她是小女孩还是大姑娘,我永远都不想见她。她什么事都想插一手,你知道的,她替艾丽安排各种事情,寄明信片、寄信、填文件、安排行程、给家里人通报一些事情,等等。艾丽对格丽塔太依赖了，简直到了让她操纵自己的地步，她想做的事情都是格丽塔想做的，我——啊，不好意思，利平科特先生，我或许不该说这些，我可能只是出于嫉妒。无论如何，我当时有点愤怒，说我不想让格丽塔来参加婚礼，这场婚礼是属于我们的，和别人都无关。所以我们找了家婚姻登记处，就让那里的职员和打字员当证婚人。我敢说拒绝让格丽塔参加婚礼完全是我的主意，我只想自己拥有艾丽。"

"是的，我能理解。并且我也认为，如果我可以这么说的话——你做得很聪明，迈克。"

"你也不喜欢格丽塔吗？"我试探地问。

"你不能用'也'这个字，迈克，你还没见过她呢。"

"是的，我知道。但是……要是你听说了某个人很多事，就可以对他产生一些想法，做一些判断了。当然你也可以说我纯粹是嫉妒。那你为什么不喜欢格丽塔呢？"

"我是没有偏见的，"利平科特先生说，"不过你是艾丽的丈夫，迈克，我衷心希望艾丽能过得幸福快乐。我不认为格丽塔对艾丽带来的影响是什么好事，她管得太多了。"

"你觉得她会试着给我们制造点麻烦吗？"我问。

"我认为，"利平科特先生说，"我没有权利对此发表看法。"

他坐在那里仔细打量我，像一只皱巴巴的老乌龟一样眨着眼。

我不知道接下去要说什么，还是他先开口了，他小心谨慎地选择措辞："那么，关于格丽塔·安德森要和你们住在一起，你有什么想法吗？"

"我不同意。"

"这就是你的想法吗？你们讨论过？"

"艾丽说过几句，但我们才刚刚新婚，利平科特先生，我们想要自己的房子——我们的新房。当然她有时候可以过来住几天，我觉得这挺正常的。"

"就像你说的，这很正常。但你应该意识到，如果要找新工作的话，格丽塔的处境相当困难。我是想说，这不是艾丽怎么看待她的问题，而是那些雇用她、给予她信任的人怎么想的问题。"

"你的意思是，你和那位叫范什么什么的太太，都不会让她待在类似的岗位上了？"

"不，我们不能这么做，又没有法律约束。"

"你认为她会到英国来，靠艾丽生活？"

"我不想让你对她产生更多的偏见，毕竟这些都是我的想法。我不喜欢她做过的一些事，还有她处理事情的方式。我认为艾丽是个很慷慨的人，如果她觉得自己在某些方面毁了格丽塔的前程，可能会冲动地坚持要她过来同住。"

"我不认为艾丽会坚持。"我缓缓地说道。我的声音却流露出一丝担心，利平科特先生应该注意到了。"难道我们就不能——我是说艾丽——艾丽就不能给她一笔退休金吗？"

"我们不能明确地给她这笔钱。"利平科特先生说，"退休金让人联想到年龄，而格丽塔正值青春——要我说还是一个很俊俏的小姑娘，长得真的很漂亮。"他又用不以为然的口气补充了一句，"对男人来说也很有吸引力。"

"嗯，也许她会结婚的。"我说，"如果她真有你说得这么好，为什么到现在还是单身？"

"肯定有很多人为她着迷，我相信，但格丽塔从来没有考虑过。不过你的想法对我很有启发，可以不伤害任何人的感情，就把这件事情了结。艾丽到了法定年龄，然后在格丽塔的全力帮助下结了婚——于是给了她一笔钱,表示感谢,顺理成章吧。"利平科特先生最后一句话,听起来就像柠檬汁一样酸。

"嗯,这样很好。"我高兴地说。

"我又看到你的乐观了,让我们期待格丽塔会接受这个安排吧。"

"为什么不接受?如果她拒绝,那才是疯了吧。"

"我不知道。"利平科特先生说,"我也觉得如果她不接受的话,就太特别了。当然,她们两个还是会保持很好的友谊。"

"你希望得到什么结果?"

"我希望她对艾丽的影响就此结束。"利平科特先生站了起来,"我也希望你能帮助我,竭尽所能,让格丽塔的事快点过去。"

"你放心,"我说,"我最不愿看到的,就是格丽塔总在我们中间掺一脚。"

"等见到她之后,你的想法会改变的。"利平科特先生说。

"我不这么认为。"我说,"我不喜欢管家婆,不管她多有本事,或者多么漂亮。"

"谢谢你,迈克,耐心地听我讲了这么多。我希望你能赏光和我一起吃个晚饭,你们两个都来,下周二晚上如何?寇拉·范·史蒂文森特和弗兰克·巴顿到时候可能也会在伦敦。"

"我想,我必须和他们见一下了,是吗?"

"是的,这是躲不开的。"他对我微笑着,这次的微笑似乎比以往都要真诚,"你不要介意,"他说,"我想寇拉会对你非常粗鲁,弗兰克也只是个粗人,鲁本应该赶不过来。"

我不知道谁是鲁本,可能是另一个亲戚吧。

我把卧室的两扇门打开。

"来吧,艾丽。"我说,"审问结束了。"

她回到客厅,目光在利平科特先生和我身上快速移来移去,然后她走到利平科特先生跟前,吻了吻他。

"亲爱的安德鲁叔叔,"她说,"看得出来,您并没有为难迈克。"

"嗯,亲爱的,如果我不对你丈夫好一点,你将来也不会对我多好,不是吗?我还有这个责任,要时不时对你们提出点忠告呢。要知道,你还很年轻,你们两个都是。"

"好,"艾丽说,"我们会洗耳恭听的。"

"现在,亲爱的,如果可以的话,我想和你单独说两句。"

"这次我变成多余的人啦。"说着,我走进了卧室。

我特意把两扇门重重关上,但进去之后,我又把里面那扇门打开了。我可不像艾丽那么有教养,所以我急着想知道,两面派的利平科特先生是否会露出他的另外一面。而实际上,我听到的话都无关紧要,他对艾丽说了一两句建言,告诉她必须意识到,一个穷小子娶了个富家女,有时候也挺困难的。接着他又跟艾丽说了处理格丽塔的方法,她马上就同意了,说本来正打算问问他的意见呢。他还建议对寇拉·范·史蒂文森特也要另作安排。

"你原本就没必要照顾她。"他说,"光靠前几任丈夫的赡养费,她就能活得很好了。而且你也知道,她还能从你祖父留下的信托基金中拿到收入,虽然并不是很多。"

"那你认为我还要多给她一点吗?"

"我认为无论从法律上,还是道德上来说,都不必。我想说,就算你这么做了,她的狡诈和——原谅我这么说——阴险都不会减少。我可以把她每年拿的钱调高一点,你也可以随时取消。如果你发现她散播一些恶意的谣言——关于迈克或者你自己,再或者你们的生活——你就可以提醒她这一点,她会收敛一下自己的毒舌。"

"寇拉一向忌恨我,"艾丽说,"我都知道的。"然后她有点羞涩地追问了一句,"您喜欢迈克,是吗,安德鲁叔叔?"

"我觉得他是一个极具魅力的年轻人。"利平科特先生说,"我现在也明白了,为什么你会嫁给他。"

我想,这是我期望中最好的回答了。而我也知道,我并非真的是他喜欢的类型。我轻轻把门关上,一两分钟之后,艾丽过来叫我出去。

当我们两人站起身来,准备向利平科特先生道别时,听到有人敲门,一个小听差拿着份电报走了进来。艾丽接过,打开一看,欢喜地惊呼了一声。

"是格丽塔,"她说,"她今晚到伦敦,明天会来看我们,太好啦!"

她看着我们两个。"难道不好吗?"她说。

然后她看到两张苦巴巴的面孔,听到两句礼貌的回答。一个说:"的确很好,亲爱的。"另一个说:"当然,很好。"

第十一章

第二天我出门买东西，回到酒店的时候已经比预想中晚了。我看到艾丽坐在大厅休息室，她对面有一位高挑的金发女郎，一定就是格丽塔了。她们两个正起劲地说个不停。

我从来不善于描述一个人的长相，但对于格丽塔的外貌我倒有几句话要说。首先，任何人都无法否认——就像艾丽说的，她很美，也正如利平科特先生不太情愿承认的，她很漂亮。

美和漂亮其实是不一样的。如果你说一个人很漂亮，那并不代表你真的欣赏她。我想利平科特先生就不欣赏她。而当格丽塔走过酒店的大厅，或者经过餐厅的时候，男人们都会转头看她。她具有典型的北欧特征，一头纯正亮丽的金发被时髦地高高盘起，而不像普通人那样垂在脸颊两边。一眼就可以看出，她身上有瑞典或德国的血统。说真的，她要是插上一对翅膀，就可以直接跑到化装舞会上扮演瓦尔基里①了。她的眼睛是明亮的湛蓝色，面部轮廓简直无可挑剔。不得不承认，她天生丽质。

我走向她们坐着的地方，希望能以一种自然、友好的方式和她们打招呼，但还是忍不住有点小尴尬，我可不是什么都会演。

艾丽看到我，马上说："终于见到了吧，迈克，这位是格丽

---

① 瓦尔基里（Valkyrie），北欧神话中的女神。

塔。"

我想我的语气有点开玩笑的性质,而非真正高兴的态度。

我说:"很高兴终于见到你了,格丽塔。"

艾丽说:"你知道的,要不是格丽塔,我们不可能结婚。"

"总会有办法的。"我说。

"如果我家人像一吨煤一样压在我们身上,那就不会有别的办法,他们会想方设法把我们拆散。告诉我,格丽塔,他们是不是很生你的气?"艾丽问道,"你从来没有给我写信或者讲过这些。"

"一对正在开心度蜜月的新婚夫妇,"格丽塔说,"我想还是不要写信打扰为好。"

"但是他们很生你的气吧?"

"当然了!你觉得还能怎么样?不过我对此早有准备,没骗你。"

"他们说什么了?做什么了?"

"所有他们能做的。"格丽塔很高兴地说,"当然第一件事就是解雇我。"

"是的,我想这无法避免。那——那你怎么办?他们总不能拒绝给你写推荐信吧?"

"他们当然可以拒绝。毕竟在他们眼中,我是被给予信任的,可是我无耻地滥用了这份信任。"她又加了一句,"而且乐在其中。"

"那你现在怎么办?"

"我已经找了份工作,马上就要上开始做了。"

"在纽约吗?"

"不,在伦敦,做一个秘书。"

"不过……你还好吧?"

"亲爱的艾丽,"格丽塔说,"你早就预料到会有这么一天,并且已经给过我一张可爱的支票了,我怎么会不好呢?"

她的英语很好,听不出任何口音。只不过她爱用一些俗语,有时候会用错。

"我去了一些地方,然后在伦敦安顿下来,还给自己买了很多好东西。"

"迈克和我也买了很多东西。"艾丽说。她回想起一些事情,笑了起来。

的确如此,在欧洲时,我们对购物总是不遗余力,毫无节制花钱的感觉真是太好了。我们在意大利买了很多锦缎和面料,都是用来装饰新家的;还买了一些画,意大利和法国的都有,价格昂贵得匪夷所思。一个从未梦想过的世界,在我面前开启了。

"你们两个看上去很高兴啊。"格丽塔说。

"你还没见过我们的房子呢,"艾丽说,"它会非常漂亮,就像我们梦想的一般,是吗,迈克?"

"我见过。"格丽塔说,"回英国的第一天,我就雇了辆车去看过了。"

"怎么样?"艾丽问。

我也问道:"怎么样?"

"嗯……"格丽塔踌躇了很久,摇着头。

艾丽大失所望,非常伤心,但我立刻就发现了,格丽塔是在跟我们开个小玩笑。当时我闪过一个念头,她这个玩笑并非出于善意,不过我没有往下细想。格丽塔突然大笑起来,周围的人纷纷转头看向我们这边。

"你们真该看看自己的表情,"她说,"尤其是你,艾丽。我只是逗你们一下嘛,那房子太漂亮了,可爱至极,建筑师简直是个天才!"

"是的,"我说,"他确实出类拔萃,等你见到他就明白了。"

"我也见过他了,"格丽塔说,"那天他正好在。你说得没错,他是个与众不同的人,而且还有点吓人,你们觉得吗?"

"吓人?"我惊讶地问,"在哪方面?"

"噢,我说不出来。似乎……他能看透你——从里到外全看透,这就让人有点不自在。"然后她又加了一句,"他看起来病得也不轻。"

"确实,病入膏肓。"我说。

"真可惜。他怎么了,肺结核,还是别的什么?"

"不,"我说,"我觉得不是肺结核。好像是——啊,是血液方面的。"

"我懂了。现在的医生差不多无所不能,什么都能治好——除非先把你治死了。不过我们不谈这个了,说说房子的事情吧。它什么时候能竣工?"

"照目前的进度来看,应该很快了,超乎我的预期。"我说。

"噢,"格丽塔漫不经心地说,"因为钱嘛。两组工人轮换,再加上奖金和其他的一些激励。你自己都不知道,艾丽,像你这么有钱多美好啊!"

但是我知道。我一直在学,这两个星期学得尤其多。因为这场婚姻,我踏入了一个完全不同的世界,这个世界与我站在外面想象时有太多不同。就在前不久,在赌博中赢得双倍赌注,是我概念里最好的意外之财,如果赢到了,我就尽快把它花掉。当然,它符合我这种社会阶层的粗俗作风。但艾丽的世界就截然不同了,和我最初想象的上流生活也不一样,并非无穷无尽的奢侈。不是更大的浴室、更大的房子、更多的电器，以及更好更快的汽车，也不是为了花钱而花钱，只想在别人面前炫耀。相反，这个世界出奇的简单，这种简单是超越挥霍之上的。你用不着三艘游艇或四辆轿车；你不会在一日三餐之后想再多加几餐；如果已经买了一幅最昂贵的画，你也不会想在房间添置其他的装饰——就是这种简单。你所拥有的，都是同一类别里最好的；并不一定是最贵的，但肯定是你最喜欢的。完全脱离了费用的考量，因为你从来不会说"我恐怕买不起"这种话。所以在这样出奇简单的生活中，会有一些事情让我无法理解。我们以前考虑过一幅法国的印象派画作，是塞尚①的——我不得不认真牢记这个名字，我老把他和某个吉卜赛管弦乐队搞混。后来有一次我们在威尼斯街头漫步的时候，艾丽停下来看路边画家，他们正在给来往的游客画像，一个个都画得差不多，牙齿整洁，金发披肩。

然后她买了一幅很小的画，画的是流淌着的运河一角。那个街头画家仔细打量着我们，要了六英镑。有趣的是，我非常了解艾丽的心情，她想要这幅六英镑的街头画作，就跟想要塞尚的画作一样。

还有一天在巴黎也发生了类似的事情。她突然对我说："我们去买一条真正香脆的法式长面包吧，然后抹点黄油，加点奶酪——肯定很有趣！"

我们真的买了，而且我觉得，比起前一晚二十英镑的大餐来，艾丽更享受这顿饭。刚开始我无法理解，后来才渐渐明白，而且还明白了一件有点棘手的事情：和艾丽结婚不是只有开心和

---

①保罗·塞尚（Paul Cézanne，1839—1906），法国著名画家，是后期印象派的主将，从十九世纪末便被推崇为"新艺术之父"，现代艺术的先驱。西方现代画家称他为"现代艺术之父"或"现代绘画之父"。

玩乐。你还有家庭作业要做，你要学习如何去餐馆，如何点菜，如何给小费，以及在什么情况下，你要多给一点。你还要记得点什么菜应该配什么酒。基本上，我都是靠自己的观察来学习，我不能问艾丽，因为她不会了解我的苦衷。她会说："但是，亲爱的迈克，你想怎么做就怎么做好了。侍者认为你该点哪种菜，配哪种酒，又有什么关系呢？"对她来说没关系，因为她就生长在这种环境中。但对我来说就不一样了，我不能想做什么就做什么，我还没到这么"简单"的境界。穿衣打扮也是，不过在这方面艾丽能帮我很多，因为她能理解我，只要把我带到合适的地方，然后告诉我，让做衣服的伤脑筋去吧。

当然，目前的我，听上去和看上去都尚未完全达标。不过没关系，我已经找到窍门了，足以应付老利平科特这种人。也许不久之后，当艾丽的继母和叔叔们回来——不过这个将来也不是问题了，房子建成之后，我们就会搬进去，远离所有的人，把它当作我们的王国。我看着坐在对面的格丽塔，揣测她对我们房子的真实想法。无论如何，这房子是我想要的，我十分满意。我想开车驶过安静的小径，穿过成片树林，到达一个小海湾。那是只属于我们的海滩，没有别人会过来。我一头扎进水里，这感觉比起和几百人共浴的海滨来，要好上一千倍！我不想要花钱就能买到的那些无聊东西。

我想要——又是这几句话，我可以感受到内心涌动的感情——我想要，我想要一个漂亮的姑娘和一幢漂亮的房子，这幢房子独一无二，里面也堆满了与众不同的东西，我想要这些都属于我。每一样东西都属于我！

"他在想我们的房子。"艾丽说。

好像她已经提醒过我两次，我们该去餐厅了。我深情地看着她。

后来——已经是傍晚了——当我们换好衣服准备吃晚餐时，艾丽试探性地问我："迈克，你的确——的确喜欢格丽塔，是吗？"

"我当然喜欢了。"我说。

"如果你不喜欢她，我会受不了的。"

"但是我确实喜欢。"我抗议道，"你为什么认为我不喜欢她？"

"我不太确定。可能因为你从来不看她，甚至是在和她说话的时候。"

"好吧，我想，也许——也许我感到有点紧张。"

"因为格丽塔感到紧张？"

"是的，她有点令人生畏，你明白吗？"

然后我又告诉她格丽塔看上去像个北欧女神。

"她可不像歌剧中演的女神那样粗壮勇猛。"艾丽说着笑了起来，接着我们一起哈哈大笑。我说："对你来说都很好，因为你认识她这么多年了。但她确实有点——怎么说呢，确实很干练，也很现实，久经世故。"我憋出了很多词，但好像都没说到点子上。忽然我又冒出一句："我感觉——我感觉在她面前，我很弱势。"

"噢，迈克。"艾丽有点愧疚，"我知道我和她聊得太多了，老笑话啦，陈年往事啦，聊了好多。我想——我想这些话题都把你晾在一边了，不过你们很快就会变成好朋友了，她喜欢你，非常喜欢，她是这么跟我说的。"

"听我说，艾丽，不管心里怎么想，她嘴上肯定是这么说的。"

"她不会的。格丽塔心直口快,你今天也听过啦,她说了很多事情。"

这倒是真的,格丽塔在吃午饭的时候一直滔滔不绝,而且很多话不是讲给艾丽,而是讲给我听的。"你有时候肯定会觉得很奇怪,我都还没见过你,就如此支持艾丽。其实我是愤怒,对他们给艾丽安排好他们想要的生活,把她束缚在金钱还有传统观念里而感到愤怒。她从来就没有机会享受自己,去她想去的地方,做她想做的事情。她想要反抗,但是不知如何反抗。所以,没错,我来帮她。我建议她看看英国的地产,然后我告诉她,当她二十一岁时,就可以自己买一个地方,和纽约的一切说再见。"

"格丽塔总是有好主意。"艾丽说,"她想的东西,我自己永远都想不出来。"

利平科特先生是怎么对我说的?"她对艾丽影响太大了"。我不知道是不是真的,但奇怪的是,我并不赞同这个说法。我认为艾丽内心深处有某种东西,她自己从未感受到过,而格丽塔却非常了解。我敢肯定,格丽塔出的主意,总是和艾丽的内心想法不谋而合。格丽塔鼓励艾丽反抗,可艾丽原本就想反抗,只是不知道该怎么做而已。而且随着了解的加深,我感觉在艾丽单纯的外表背后,还有很多让人意想不到的、有所保留的内心世界。如果真的想做的话,这些事情她自己也能办到,问题在于很多时候她不想这么做。我觉得,要彻底了解一个人真的很难。即使是艾丽,即使是格丽塔,或者就算是我自己的妈妈我也无法了解——她看向我的眼神里,带着我无法参透的忧虑。

我想到了利平科特先生。在我们吃完饭,正要剥一些大桃子时,我说:"利平科特先生好像已经接受了我们的婚姻,这有点奇怪。"

"利平科特先生，"格丽塔说，"是只老狐狸。"

"你总这么说，格丽塔。"艾丽说，"我倒觉得他蛮好的，非常严格，但也很正派。"

"好吧，你要这么想，我也没办法。"格丽塔说，"我自己，对他的话是一句都不相信的。"

"不相信他？"艾丽说。

格丽塔摇了摇头。"我知道，他是尊敬和诚信的模范，他具备了受托人和律师的一切条件。"

艾丽笑着说道："你是不是想说，他私吞了我的财产？别傻啦，格丽塔，还有一堆审查员、银行家一类的人呢。"

"噢，我觉得我没猜错。"格丽塔说，"恰恰是这种人，才会做一些贪污私吞的事呢，这种值得信任的人。然后每个人都会说'真不敢相信 A 先生或者 B 先生会做这种事情，他是世界上最不可能的人了'，是的，他们肯定会这么说，'最不可能的人'。"

考虑良久后，艾丽说她的弗兰克叔叔倒更像是会干这种骗人丑事的人。对此，她显得一点都不担忧，也不惊讶。

"他确实看上去就像个骗子。"格丽塔说，"但这恰恰阻碍了他，要骗人的话，他永远比不过那些看上去温和敦厚的人。他是不可能完成一场大骗局的。"

"他是你母亲的兄弟？"我问道。我总是搞不太清楚艾丽的亲戚关系。

"他是我爸爸的妹夫，"艾丽说，"妻子离开了他，和别人结婚了，不过六七年前也去世了。弗兰克叔叔就多多少少和这个家捆在一起了。"

"亲戚一共有三个，"格丽塔善解人意地给我说明，"三只缠着不放的水蛭，你也可以这么说。艾丽的亲叔叔都去世了，一个在朝鲜,还有一个死于车祸。现在还在的,就是一个赡养费很高的继母,一个赖在家里的弗兰克叔叔,还有鲁本叔叔——虽然艾丽叫他叔叔,但其实是一个堂兄。再有,就是安德鲁·利平科特和斯坦福·罗伊德了。"

"斯坦福·罗伊德是谁?"我困惑地问。

"另一个受托人,是吧,艾丽?反正他替你打理投资等业务。这种事情其实不难,因为像艾丽有这么多钱,你都不用做什么,钱自己也会生钱的。围着艾丽的主要就是这几个人。"艾丽又加了一句:"毫无疑问,你很快就会见到他们了,他们会来这儿看看你。"

我呻吟了一声,看着艾丽。

艾丽非常温柔甜美地说:"不要紧,迈克,他们还会走的。"

第十二章

他们的确来了，不过待的时间都不长。第一次嘛，过来就是为了看看我，时间肯定不会很长。我觉得他们让我难以理解。当然了，我之前也没怎么接触过美国人。

举例来说吧，弗兰克叔叔。我同意格丽塔的说法，他嘴里说出的每一句话都不值得相信。我在英国也见过这类人。他高高大大，有点啤酒肚，浮肿的眼袋给人以沉迷酒色的印象——我相信事实也的确如此。我觉得他在找女人方面很有眼光，对于一切可以渔利的机会也不会放过。他问我借过一两次钱，数目很小，只够花一两天。我猜他并不是真的缺钱，只是试探一下，看看从我这儿拿钱是否容易。这让我很为难，因为我不知道该怎么回应他——是干脆地拒绝，让他知道我是个吝啬鬼，还是假装自己很缺心眼？但我又不想这么慷慨。让弗兰克叔叔见鬼去吧，我想。

寇拉——艾丽的继母——是最让我感兴趣的人了。她大概四十岁左右，头发染得很漂亮，整个人十分热情，对艾丽总是甜腻腻的。

"你可千万别介意我给你写的信啊，艾丽。"她说，"你结婚的消息真是太让人震惊了，而且这么密不透风。当然我知道肯定是格丽塔怂恿的，她教你怎么做。"

"你不要责怪格丽塔，"艾丽说，"我也不想让大家如此不安，我只想……不要太小题大做。"

"当然了,亲爱的艾丽,你这么做也是有道理的。不过那几个管事的全都脸色发青,斯坦福·罗伊德,还有安德鲁·利平科特,他们认为所有人都会指责他们没有把你照看好。他们当然也不知道迈克是什么样的人,不知道他究竟有多讨人喜欢,就连我自己也没想到。"

然后她对着我笑了,笑得很甜,但我却从来没见过这么假的笑容!我自忖,如果一个女人恨一个男人,那一定就像寇拉恨我这般。她对艾丽的谄媚态度情有可原,安德鲁·利平科特已经回到了美国,毫无疑问,肯定也警告过寇拉了。艾丽已经开始变卖她在美国的一些财产,因为她明确地表示,以后会在英国生活。不过她会给寇拉一笔很大的津贴,让她随意选择自己的住处。没有人提起寇拉的现任丈夫,我猜想他可能已经和别人远走高飞了。又一次离婚大概正在办理中,不过这次的赡养费就不多了。她嫁的是一个比她年轻很多的人,魅力大于财富。

寇拉想要这份津贴,她是一个追求奢华的女人。无疑,老利平科特已经明确地暗示她,艾丽可以随时取消这笔钱。她如果忘了自己的身份,随意散播关于艾丽新婚丈夫的谣言,艾丽就会这么做。

鲁本堂兄,或者说鲁本叔叔,这次没有过来。他给艾丽写了封态度友好又模棱两可的信,祝她幸福,但他怀疑艾丽是否真的想好了要定居英国。"如果不喜欢,艾丽,你就回美国来。别以为你会不受欢迎,恰恰相反,你的鲁本叔叔就肯定会欢迎你。"

"他说得蛮好听的。"我对艾丽说。

"是的。"艾丽苦思了一会儿才这样说,听上去她好像不是很同意。

"你喜欢他们中的谁吗?"我问道,"或者……我不该问你这个问题?"

"当然可以,你可以问我任何事情。"不过她还是隔了好一阵子,才下定决心似的说,"不,我谁都不喜欢。也许有点奇怪,但是我想,可能因为他们都不真正属于我,只是因为环境凑到了一起,而非血缘关系。他们没有一个是我的骨肉至亲。我爱我的父亲——我是说记忆中的他。他身体很虚弱,爷爷对他也很失望,因为他没什么经商头脑。他自己也不愿意从商,而是喜欢去佛罗里达捕鱼,或者做一些类似的事。后来他娶了寇拉,我从来都没喜欢过寇拉,她也从没喜欢过我。至于我的亲生母亲,当然,我已经没有印象了。我喜欢亨利叔叔和乔叔叔,他们都是很有趣的人,有时比我父亲还有趣。我父亲是个安静的人,偶尔还会悲伤,但那两个叔叔却是享乐派。乔叔叔,我想,他有点野,是那种因为有钱而产生的野,反正他就是出车祸去世的那位,亨利叔叔则是在战场上战死的。爷爷当时有病在身,三个儿子相继去世的消息,对他来说是莫大的打击。他不喜欢寇拉,也不喜欢任何一个远亲。鲁本叔叔就是个例子,我爷爷说过,谁也不知道鲁本的心思在哪里。所以他把财产交给信托基金打理,其中一部分捐给了博物馆和医院,给寇拉也留了足够用的钱,还有他的女婿,弗兰克叔叔。"

"但绝大部分还是归你了?"

"没错,这也让他很伤脑筋。他竭尽所能,让别人看好这笔钱。"

"就靠安德鲁叔叔和斯坦福·罗伊德?一个律师,一个银行家?"

"是的,我想他认为我自己不能妥善照料这一大笔钱。奇怪的是，他让我在二十一岁时就接管这笔财产，而不是像其他人那样，设定在二十五岁。我猜，可能因为我是女孩子。"

"太奇怪了，"我说，"我觉得应该反过来才对啊。"

艾丽摇了摇头。"不，"她说，"我猜想，我爷爷觉得年轻男孩子性子都很野，到处惹是生非，也容易被不怀好意的漂亮姑娘套住。不如给他们足够的时间寻欢作乐——这是你们英国人的说法，是吗？但是他有一次跟我说：'如果一个女孩子要懂事，那二十一岁就够了，再多等四年，也不会有什么两样。如果她很笨的话，那到二十五岁也还是很笨。'"艾丽看着我，笑了，"他还说他不觉得我笨。他说：'你对生活还不了解，但是你有很好的眼光，尤其是看人。我认为你会一直这样下去的。'"

"我觉得他不会喜欢我的。"我想了想，说道。

艾丽很坦率，她并没有试图安慰我，说一些安抚我的话，毫无疑问我说的就是事实。

"是的，"她说，"我想他会吓坏的，刚开始肯定会这样，但他总会习惯的。"

"可怜的艾丽。"我突然说。

"为什么这么说？"

"我以前也这么对你说过，还记得吗？"

"记得。你说我是'可怜的富家千金'，说得很对。"

"这次我不是那个意思。"我说，"不是因为你有钱所以可怜，而是——"我迟疑了一会儿，"有太多人围着你了。"我说，"全都缠着你，每个人都想从你身上捞点好处，但没有人真的关心你，这是事实，不是吗？"

"我觉得安德鲁叔叔是真的关心我，"艾丽有点犹豫地说，"他总是对我很好，同情我。其他人——噢，你说得太对了，他们只想捞好处。"

"他们来向你讨要,是吗?找你借钱,从你身上收获利益,或者希望你把他们拉出困境,他们总是缠着你,缠着你,缠着你!"

"我觉得这很正常,"艾丽冷静地说,"不过现在我和他们都没瓜葛了,我要在英国生活,不会再经常看到他们了。"

当然,她想得太天真了,还没有认清现实。后来,斯坦福·罗伊德来了,带了很多文件和资料,都是要艾丽签字确认的,还有投资合同也需要艾丽批准。他和艾丽谈了很多关于投资、股票和地产的事情,还有信托基金的处理。他们的对话我完全无法理解,我帮不了她,给不了建议,也无法让斯坦福·罗伊德停止欺骗她。我希望他没骗人,但像我这样一无所知的人,又如何能确信他所言属实呢?

斯坦福·罗伊德人很好,好得令人生疑。他是一个银行家,看上去也确实像个银行家,尽管不年轻了,但他依然帅气迷人。他对我很客气,虽然心里看不起我,不过没有表现出来。

"好了,"在他终于离开之后,我说,"这是最后一个。"

"你一个都不喜欢,是吗?"

"我认为你的继母,寇拉,是一个我从没见识过的两面三刀的贱货。对不起,艾丽,也许我不该这么说。"

"如果你心里就是这么想的,那为什么不该这么说?而且你说的也不是太离谱。"

"你肯定很孤独,艾丽。"我说。

"是的,我很孤独。我也认识同龄的女孩子。我念的是一所上流学校,但我从没真正自由过。如果我自己交了个朋友,他们就会想办法把我们拆开,然后塞给我另一个女孩代替,你明白吗？一切都受到社会地位的限制，我也一直小心翼翼，从来没有给谁惹过麻烦，也从未真正在乎过谁。直到格丽塔的出现，所有事情都不一样了。第一次有人真的喜欢我，那感觉真好。"

她的表情变得柔和起来。

"我希望……"我一边说着，一边走到了窗口。

"你希望什么？"

"噢，我不知道……我希望你不要这么依赖格丽塔。像这样依赖一个人，不是好事。"

"你不喜欢她，迈克。"艾丽说。

"我喜欢。"我赶紧否认，"我确实喜欢。但是你要明白，艾丽，她对我来说，还是……还是一个陌生人。我想，说实话，我有些嫉妒她，因为她和你——我之前从没意识到你们的关系这么紧密。"

"不要嫉妒，她只是唯一对我好的人，关心我的人——在我遇到你之前。"

"但你已经遇到我了，"我说，"你也已经和我结婚了。"然后我又说了一遍以前说过的话——

"我们会幸福地生活在一起，直到永远。"

第十三章

尽管说得不多,但我已经尽力把进入我们生活的人全都写出来了。准确来说,应该是进入我生活的人,因为他们本来就存在于艾丽的生活中。可笑的是,我们认为这些人会从艾丽的世界走出去,但他们没有。他们甚至从未考虑过要离开,然而,当时的我们并不知道这一点。

接下来,就是我们在英国的生活了。桑托尼克斯发了封电报来,告知我们房子已经落成,但他要我们再等一周左右。一周后,他的电报又来了,上面写着:明天过来。

在日落时分,我们驱车到达了那里。桑托尼克斯听到汽车声,出来迎接我们,他就站在房子前。我看到我们的房子,一幢已经完全建成的房子,有股难以名状的东西在内心窜起,几乎要冲破我的皮肤!这是我的房子——我终于拥有它了。我紧紧搂着艾丽的肩膀。

"喜欢吗?"桑托尼克斯说。

"太棒了!"我说。这句话听起来很傻,但他懂我的意思。

"是的,"他说,"这是我建过的最好的房子……花了你们很多钱,但每一分都值得,它比我想象中更好。过来,迈克,把她抱起来,迈过这道门槛,就这样和你的新娘走进新家。"

我满脸通红,抱起艾丽——她很轻——抱着她跨过了门槛,正如桑托尼克斯建议的那样。在这个过程中,我略微踌躇了一下,桑托尼克斯皱了皱眉头。

"你听着,"桑托尼克斯说,"你要好好对她,迈克。照顾好她,别让她受伤害。她不能照顾自己,虽然她觉得可以。"

"为什么我会受到伤害?"艾丽说。

"因为这是个糟糕的世界,有很多坏人。"桑托尼克斯说,"你身边就围绕着很多坏人,我的姑娘,我知道的。我见过其中一两个,他们来过这里,就像老鼠一样鬼鬼祟祟,东探西探。原谅我说话粗鲁,但总得有人说。"

"他们不会打扰我们的,"艾丽说,"他们都回美国了。"

"也许吧,"桑托尼克斯说,"但你知道,坐飞机也就是几小时的事情。"

他把手放在艾丽的肩上,这双手现在异常枯瘦、苍白,看来他的病相当严重。

"我想亲自照顾你,孩子,如果可以的话。"他说,"但是我不能了,我时日无多,你得自己保护自己。"

"忘掉吉卜赛人的警告吧,桑托尼克斯,"我说,"带我们看看房子,每一英寸都看过去。"

然后我们看遍了整个房子。有的房间还是很空,但大部分东西已经置办了,画、家具、窗帘,我们都买好了。

"还没给它起名呢,"艾丽突然说道,"我们不能叫它'古堡',这太滑稽了。你还跟我说过它另一个名字是什么?"她对我说,"吉卜赛庄,是吗?"

"别这么叫它,"我说得斩钉截铁,"我不喜欢这个名字。"

"这一带的人都这么叫。"桑托尼克斯说。

"他们都是一些愚蠢迷信的人。"我说。然后我们坐在阳台上,边欣赏夕阳西下的景色,边给房子想名字。就像在玩某种游戏,刚开始的时候很认真,后来就开始想一些傻名字出来了。比如"旅途尽头"、"心之喜悦"这些公寓一样的名字,还有"海景"、"美丽轩"、"松林居"等。不知不觉,天色转暗,温度也变低,我们便进屋了。我们把落地窗关上,但没有拉上窗帘。日用品已经购置好了,到了明天,还会有一批高薪聘请的用人过来。

"他们可能会讨厌这个地方,嫌这房子太孤零零了,全部都想请辞回家。"艾丽说。

"然后你就会给他们双倍的价钱,让他们乖乖留下来。"桑托尼克斯说。

"你认为,"艾丽说,"任何人都能被钱收买?"不过这句话她是以打趣的态度说的。

我们带来了火腿肉、法式面包,还有红红的大虾。我们三个围坐在餐桌边,一边大快朵颐,一边谈笑风生,就连桑托尼克斯看上去也不再虚弱,变得有生气起来,眼神里还流露出一丝略带狂野的兴奋。

这时,突然发生了一件事。一块石头砸破落地窗,飞了进来,正好掉在餐桌上,磕碎了一只酒杯,飞溅的碎玻璃划伤了艾丽的脸颊。我们坐在椅子上,一时惊呆了。缓过神来的我一跃而起,冲到落地窗前,拔开窗栓,跑到阳台上。但我一个人影都没有看到,于是又回到房间。

我拿起一张纸巾,俯下身子,看到有一丝血迹顺着艾丽的脸颊流淌下来,便替她拭去。

"伤到你了……亲爱的,不过不要紧的,只是一片玻璃划了道小伤口而已。"

我和桑托尼克斯对视了一下。

"为什么有人要这么做？"艾丽说，她的表情充满困惑。

"小男孩，"我说，"你知道的，一些不良少年，也许他们听说有人住进来了。我敢说，只是扔一块石头还算是幸运的，他们可能还有气枪，或者诸如此类的玩意儿。"

"但为什么要这么对我们？为什么？"

"不知道，"我说，"玩心太重吧。"

艾丽突然站了起来，她说："我怕，我好怕。"

"明天我就把他们揪出来。"我说，"我们对周围的人还不了解。"

"会不会因为他们很穷，而我们很有钱？"她没有对我，而是对着桑托尼克斯发问，好像他比我更清楚这个问题的答案。

"不，"桑托尼克斯缓缓说道，"我不这么认为……"

艾丽说："因为他们恨我们，恨迈克，也恨我。为什么？因为我们很幸福？"

桑托尼克斯又摇了摇头。

"不，"艾丽又说道，好像她同意桑托尼克斯的看法，"不，肯定有别的原因，某种我们不知道的原因。吉卜赛庄，任何住在这里的人都会遭到忌恨，都会受到迫害，也许到最后，他们会成功将我们赶走。"

我倒了杯酒，递给她。

"别这样，艾丽。"我恳求道，"别说这种事情，把它喝了吧。确实发生了不太愉快的事情，但这只不过是一个愚蠢的、不计后果的恶作剧罢了。"

"我怀疑……"艾丽紧紧盯着我说，"我怀疑有人想把我们赶走，迈克，把我们从自己建造的、深爱的房子里赶走。"

"绝不会让他们把我们赶走的。"我说，接着我又加了一句，

"我会照顾你,再没有什么会伤害你了。"

她再次望向桑托尼克斯。

"你应该知道的,"她说,"从这房子刚开始造的时候,你就在这儿了。从来没有人跟你说过什么吗?没人来丢石头,干扰房子的建造?"

"你想得太多了。"桑托尼克斯说。

"那么有事故发生吗?"

"造房子的过程中,总归会有些事故发生的,但是都不严重,没有酿成悲剧。有人从梯子上摔下来了,有人搬东西砸了自己的脚,有人拇指扎了根刺,还发炎了。"

"没有别的了吗?没有因为蓄谋而发生的事故吗?"

"没有,"桑托尼克斯说,"我向你保证,没有!"

艾丽转向我。

"还记得那个吉卜赛婆婆吗,迈克?那天她多古怪啊,拼命劝我不要来这里。"

"她疯疯癫癫的,脑子有点问题。"

"我们已经在吉卜赛庄造好了房子,"艾丽说,"已经做了她劝我们别做的事。"她跺了跺脚,"我不会让他们把我赶跑,任何人都别想把我赶跑!"

"没人能赶走我们,"我说,"我们要在这里幸福地生活。"

这番话,说得好像在对命运宣战。

第十四章

我们在吉卜赛庄的生活就这么开始了。我们没给房子找到另一个合适的名字，也许从住进来的第一晚开始，"吉卜赛庄"这个名字就深深地刻在了我们脑子里。

"我们就叫它吉卜赛庄吧，"艾丽说，"就是要挑战命运，对吗？它是属于我们的房子，让吉卜赛的警告见鬼去吧！"

第二天，她又恢复了快乐的本性，我们也忙着整理新家，并且去结识一些附近的邻居。我们步行到了吉卜赛老人居住的农舍。我觉得要是正好发现她在菜园里忙活就好了，之前艾丽只见过她一次，那次她预测了艾丽的命运。如果现在艾丽发现她只不过是个普通的老妇人，在挖土豆——不过我们没有见到她，农舍门扉紧闭。我问一位邻居，她是不是死了，邻居摇了摇头。

"她肯定是出门了。"她说，"她经常出门的，你知道。她是个货真价实的吉卜赛人，所以在家里待不住，总是四处流浪，然后再回来。"她拍了拍额头，"不会安定在一个地方。"

随即她又开口了，试图掩饰自己的好奇："你们是从新房子过来的吧，是吗，山顶的那幢新房子？"

"没错，"我说，"我们昨晚刚搬来。"

"那地方看起来美极了。"她说，"它建造的时候，我们都上去参观过，以前是一片黑漆漆的树林，现在变成了大房子，完全不同了,是吗?"

她有点怯生生地转向艾丽,说:"你是美国人吧,女士,我们都听说了。"

"是的,"艾丽说,"我是美国人——或者说以前是美国人。但是现在我嫁给了英国人,所以我是英国人啦。"

"你们来这儿,是要定居下去的,是吗?"

我们点头承认。

"好吧,希望你们会喜欢这个地方。"她的声音听上去充满了怀疑。

"为什么我们会不喜欢?"

"嗯,你们知道,那里太冷清了。人们总是不喜欢住在一个冷清的地方,周围只有树。"

"吉卜赛庄。"艾丽说。

"噢,你们知道这个名字。但是以前叫'古堡',我也不知道为什么叫'古堡',那地方一点都不像城堡,至少我看着不像。"

"我认为'古堡'是一个很傻的名字,"艾丽说,"我想我们还是会继续叫它'吉卜赛庄'。"

"我们还得跟邮局说一下,"我说,"不然就收不到信了。"

"不,我觉得不会收不到的。"

"虽然要考虑这一点,"我说,"但这又有什么关系呢,艾丽?如果我们收不到任何信件,不是更好吗?"

"会引起很多麻烦的,"艾丽说,"我们甚至连账单都收不到。"

"那就更是个好主意了!"我说。

"怎么可能,"艾丽说,"地产局的人会在这里安营扎寨的。不管怎么说,我不希望一封信都收不到,我还想知道格丽塔的消息呢。"

"别管格丽塔了,"我说,"我们继续往前走走吧。"

然后我们走到了金士顿大街。这是个很美好的乡镇,商店里的人也很和善,没有半点邪恶的谣言在流传。尽管仆人们并不太喜欢那里,但我们马上做了安排,在他们休息的时候,我们会雇一辆车载他们到最近的海滨城市或者查德威市场。他们对我们房子的地理位置不是很满意,不过并不是由于迷信的关系。我对艾丽说,没有人会说我们的房子闹鬼,因为它是新建的。

"对,"艾丽同意,"和房子无关,房子本身没有任何问题。问题出在外面,那条弯弯曲曲穿过树林的路有点阴森,那天那个吉卜赛女人就站在那里,吓了我一跳。"

"好,明年我们就把这些树全部弄干净,种上一大片杜鹃花之类的东西。"

我们继续计划着未来。

格丽塔过来和我们共度了一个周末。她对我们的房子兴致很高,对家具、装饰画以及色彩搭配都恭维了一番,真的很精明老练。周末过后,她说她不能再叨扰蜜月期的我们了,而且还得回去工作。

艾丽开心地带她参观房子,我可以看出来艾丽有多么喜欢她。我尽量让自己表现得很理智、很愉悦。终于,格丽塔要回伦敦了,我感到发自内心的高兴,因为有她在这儿,总是让我绷紧了弦。

我们住下来两周后,已经被当地人接受了,而且还认识了"上帝"。某一天下午,他过来拜访我们。当时,艾丽和我正在争论应该把花坛建在哪里,我们那端庄——在我看来,有点虚伪——的男仆进来通知,费尔伯特少校正在客厅恭候。

我悄悄地对艾丽说:"上帝。"

她问我什么意思。

"嗯,当地人对待他,就跟对上帝一样。"我说。

于是我们走进房间,见到了费尔伯特少校。他是个让人感到舒适的人,很难具体形容。他六十岁左右,穿着乡下人的衣服,破旧不堪,灰色的头发,有点谢顶,还有一撮又短又硬的胡须。他为他的妻子没能来拜访我们而表示抱歉,据他所言,妻子病得很严重。他坐在那里和我们闲聊起来。他说的并非什么卓越不凡,或者特别有趣的事情,但他就是有窍门,让人觉得轻松自在。他没有直接问我们问题,而是轻描淡写地随意闲聊,却很快就了解了我们的兴趣所在。他和我聊赛马,和艾丽聊园艺,以及在这块特殊的土壤上种什么好。他去过一两次美国。他发现尽管艾丽对赛马不是很感兴趣,但喜欢骑马,于是便告诉她,如果想养马,可以沿着一条小路直走,穿过松林,会去到一处旷野,在那个地方可以任意驰骋。随后,话题转到了我们的房子,还有吉卜赛庄的传说。

"我想,你们知道当地人的叫法。"他说,"还有当地所有的流言飞语。"

"丰富多彩的吉卜赛警告,"我说,"叫人眼花缭乱。大多数来源都是黎婆婆。"

"噢,天哪。"费尔伯特说,"可怜的老艾斯特,真是个讨厌的人,是吗?"

"她精神状态不太好?"我问。

"并没有她表现出来的那么夸张。我或多或少要为她承担点责任的。是我安排她住在那间农舍里,"他说,"但她并不因此感激我。我喜欢古老的事物,尽管她有时真的很讨人厌。"

"是算命吗？"

"不，不单是算命。为什么这样说？她给你们算过命？"

"不知道是不是可以称之为'命'，"艾丽说，"更像是一个警告，她叫我远离这个地方。"

"在我看来，这就相当奇怪了。"费尔伯特少校皱起眉头，"通常她算命的时候，嘴巴像抹了蜜似的，英俊的陌生人、婚礼的钟声、六个孩子、一大堆好事、会有大笔的钱、漂亮的姑娘……"他竟然开始模仿吉卜赛人嘀嘀咕咕的口气。

"当我还是个小男孩的时候，吉卜赛人常在这儿安营扎寨。"他说，"我想从那时起，我就喜欢他们。当然，他们手脚不太干净，但我总是被他们吸引。只要你别期望他们能奉公守法，那他们就没什么不好。我还上学那会儿，经常能喝到一些吉卜赛人特有的浓汤，盛在小锡杯里。我觉得我家亏欠黎婆婆。我弟弟还小的时候，黎婆婆救过他一命。他在结冰的池塘上走，结果掉进了冰窟窿，是黎婆婆捞他上来的。"

我笨手笨脚地把烟灰缸碰到了桌子下面，摔了个粉碎。

我赶忙捡起碎片，费尔伯特少校也弯腰帮我。

"我希望黎婆婆真的没有恶意。"艾丽说，"我当时惊慌失措，真是太傻了。"

"你惊慌失措？"他又扬了扬眉毛，"真的这么糟吗？"

"我毫不怀疑，她确实被吓到了。"我飞快地说，"与其说是警告，不如说更像是威胁。"

"威胁！"听起来他不太相信。

"好吧，至少我听上去的感觉是这样的。后来我们搬进来，当天晚上就发生了一些事情。"

我告诉他那块破窗而入的石头的事情。

"恐怕最近有一些小无赖。"他说,"虽然我们发现得不多——不像有些地方那么糟糕,但还是发生了这种事情,我对此表示抱歉。"他看向艾丽,"很抱歉让你受惊了,真是一件野蛮的事故,尤其是发生在你们搬来的第一个晚上。"

"噢,现在已经过去了。"艾丽说,"不仅仅是那件事,还有——还有不久之后发生的其他事。"

我又告诉少校,某天清晨我们下山,发现一只死去的小鸟,它被一把小刀刺穿,还有一张小纸条,上面用潦草的笔迹写道:"知道好歹的话,就滚出这里。"

这下费尔伯特少校看起来真的生气了。他说:"你们应该报警。"

"我们不想这么做,"我说,"报警的话,反对我们的人会变本加厉的。"

"早就该阻止了。"费尔伯特少校说。突然之间,他变成了地方法官。"否则,你们知道,他们还会继续的。你可以把它当作开玩笑,但是——它似乎又不是恶作剧这么简单。卑鄙、充满恶意,这不是……"他好像在自言自语,"这附近不是有谁对你们怀恨在心吧?或者,对你们之中的谁怀恨在心。"

"不,"我说,"不可能,因为我们两个在这里都是陌生人。"

"这件事我会调查一下。"费尔伯特说。

他起身,在告辞前,又环顾了一下四周。

"知道吗?"他说,"我喜欢你们这幢房子。我有点古板守旧,是别人口中的'老顽固'。我喜欢老式房子,老式建筑,不喜欢全国各地纷纷冒出的火柴盒工厂,一个个大箱子,跟蜂窝似的。我喜欢富有格调、装饰优雅的建筑。但我喜欢这幢房子,很朴素,却又很时尚,我想,它本身就具有非常好的外观。当你往外看，你会看到——看到与你之前所见完全不同的风景，这很有趣，非常有趣。谁设计的？英国建筑家还是国外的？"

我告诉他关于桑托尼克斯的事情。

"嗯……"他说，"我想，我以前在哪儿读到过关于他的文章，是《住宅与花园》？"

我告诉他，桑托尼克斯真的很有名。

"我想什么时候见见他，尽管我不知道要和他说什么。我不是个艺术家。"

然后他让我们定个日子去他家，和他们夫妇吃顿午餐。

"你也肯定会喜欢我家的。"他说。

"我猜，是幢古宅？"我说。

"一七二〇年建的，一个好时代。它原来是伊丽莎白式建筑，一七〇〇年被烧毁，于是又在原址上造了幢新的。"

"从此，你们便一直住在那里了？"我说。我指的不是他个人，当然，他懂我的意思。

"是的，我们从伊丽莎白时代就一直住在那儿，时而繁荣，时而衰败。情况糟糕时，我们变卖土地，境遇好转后，再买回来。我很乐意带你们两位参观一下。"他对艾丽笑着说，"我知道美国人喜欢老式房屋。你就未必喜欢了。"他又对我说。

"我不会假装我很懂老式的事物。"我说。

然后他便告辞了。在他的车里，有一只猎犬在等他。这是一辆油漆斑驳、伤痕累累的旧车。我现在明白，在这个地方，我们已经有了"身份"。我知道，他依然是这一带上帝般的存在，而他已经在我们身上盖了"获准"的章。看得出来，他喜欢艾丽，顺理成章地推断，他也喜欢我。尽管我注意到，他时不时向我投射过来鉴定的目光，仿佛要对他以前没见过的事物下一个判断。

我走回客厅的时候,艾丽正在把玻璃碎片放进废纸篓里。

"打破了真难过,"艾丽遗憾地说,"我很喜欢它。"

"我们可以再买个新的,差不多的。"我说,"它很时尚。"

"我知道!什么事情吓到你了,迈克?"

我考虑良久。

"费尔伯特说的一些话,让我想起了小时候的事情。我和学校里的一个小伙伴逃学,去附近一个池塘上滑冰玩,结果冰不堪重负。我们真是两个小傻瓜,他淹死了,没人来得及救他。"

"真可怕。"

"是的,要不是费尔伯特说起他兄弟的事,我都已经要忘了。"

"我喜欢他,迈克,你呢?"

"是的,非常喜欢。我在想,他妻子会是什么样子呢?"

接下来的那个星期,我们很早就去和费尔伯特夫妇共进午餐。他们家是一幢白色的乔治式建筑,线条十分优美,尽管并没有好到令人啧啧称奇的地步。房子里面很简陋,但是很舒适,长长的餐厅里挂着很多肖像画,我猜是他们的先辈。我认为大部分肖像画的情况都很糟糕,如果清洁一下,看上去会好一些。其中有一幅穿着粉红缎面服装的金发女郎肖像,我很喜欢。

费尔伯特少校微笑着对我说:"你看中了一幅最好的。它是庚斯博罗[①]画的,画得很好,尽管画中的主人公当时引起了一些麻烦。她被怀疑毒杀了自己的丈夫——也可能是由于偏见,因为她是外国人。杰维斯·费尔伯特从国外某个地方把它带了回来。"

其他一些邻居也受邀前来,与我们见面。肖医生是一个上了

[①]托马斯·庚斯博罗(Thomas Gainsborough,1727 – 1788),英国肖像画家和风景画家。

年纪的家伙，态度和蔼，不过疲惫不堪，我们还没有吃完饭，他就不得不先行离开了。还有一位年轻、热心的牧师，一位声音听起来飞扬跋扈、带着小狗的中年妇女，以及一位身材高挑、容貌姣好的黑发女孩，她叫克劳迪娅·哈德卡斯特尔，好像是为马而活着的，尽管强烈的花粉过敏给她带来了不便。

她和艾丽很谈得来。艾丽喜欢骑马，也同样受过敏症困扰。

"在美国，通常是狗舌草①让我发作。"她说，"但马有时候也会引起不适。现在对我来说已经不是什么大问题了，因为医生会给我很多很有用的药，来对付各式各样的过敏症。我给你一些我经常吃的胶囊，它们是鲜橙色的。如果出门前吃一颗，那你就一个喷嚏都不会打了。"

克劳迪娅·哈德卡斯特尔说这真是太好了。

"对我来说，骆驼比马更厉害。"她说，"去年我在埃及——绕着金字塔走一圈，我就泪流满面。"

艾丽说，有些人还对猫过敏。

"还有枕头。"她们继续谈论过敏症。我坐在费尔伯特太太旁边，她个子很高，身材苗条，在享受丰盛菜肴的同时谈论着她的健康问题。她给我详细描述了她身上的各种疾病，以及那些杰出的医药学专家是如何对她的病例感到困惑不解、束手无策。偶尔，她也会说几个社交话题，问我是做什么工作的。我回避了这个问题，她也就兴味索然地打听我都认识些谁。我本可以如实相告："谁也不认识。"但我想还是别这么做——尤其，她并非真是个势利小人，而且她本来也就不想知道答案。

还有一位柯基太太，我不记得她确切的名字叫什么了。她问

---

① 属于菊科，在北半球温带地区最常见，开黄色小花，和雏菊的外型非常相像。

了我很多问题,但我将她的注意力转移到社会上的罪恶以及无知的兽医上去了。所有的一切都充满和平,令人愉悦,除了——有点无聊。

后来,当我们在花园里四下闲逛的时候,克劳迪娅·哈德卡斯特尔和我走在了一起。

她出其不意地说:"我听说过你——从我哥哥那儿。"

我很惊讶。我无法想象自己有可能认识一个克劳迪娅·哈德卡斯特尔的兄弟。

"你确定吗?"我说。

她似乎被逗笑了。

"事实上,他还替你们盖了房子。"

"你是说,桑托尼克斯是你哥哥?"

"同父异母。我对他知道得不多,我们很少见面。"

"他相当出色。"我说。

"有些人确实这么认为,我知道的。"

"你不这么认为?"

"我不敢确定,他有两面性。有一段时间,他的事业每况愈下……大家都不想和他有什么关系。然后,他好像变了。他开始用一种非同凡响的方式,在他的领域内取得成功,就好像他在——"她停顿了一下,"献身。"

"我认为他是这样,就是这样。"

然后我问她有没有看过我们的房子。

"不——建成之后就没看过了。"

我告诉她,请务必过来看一下。

"我不会喜欢它的,我先提醒你。我不喜欢现代化的房子,安妮女王①时代是我最爱的时代。"

她说她准备让艾丽参加高尔夫俱乐部,她们还打算一起骑马。艾丽会买一匹马,也可能不止一匹。她和艾丽好像已经成了朋友。

当费尔伯特带我参观马厩的时候,他说起了克劳迪娅。

"是骑马打猎的好手。"他说,"遗憾的是,她把自己的生活弄得一团糟。"

"是吗?"

"嫁给了一个比她年长的富人,是一个美国人,叫罗伊德。他们根本不合适,很快又各奔东西了,她改回了原来的姓。别以为她会再婚,她现在抗拒男人,真可惜。"

当我们开车回家时,艾丽说:"无聊——但挺好的。那些人都不错,我们会在这里生活得非常幸福,对吗,迈克?"

我说:"是,我们会的。"然后把原本握着方向盘的手放到她的手上。

回家时,我先在房子前把艾丽放下,然后将车子驶进车库。

走回屋里时,我听到微弱的吉他拨弦声传来。艾丽有一把相当漂亮的西班牙老吉他,应该值很多钱。她过去常常一边弹着吉他,一边低声吟唱,非常悦耳。大部分的歌曲我都叫不出来名字,我想,有一些是美国黑人的圣歌,有一些则是古老的爱尔兰和苏格兰歌谣——甜美,但是非常感伤。它们不是流行音乐,或许只是民间流传的歌谣。我走过阳台,在窗边停了下来。

艾丽正在唱一首我最爱的歌,尽管我不知道这首歌的名字。她低着头,轻轻拨弄琴弦,柔声吟唱,甜美又哀伤的旋律萦绕在

---

①安妮女王(Anne of Great Britain,1665—1714),大不列颠王国女王,斯图亚特王朝末代国王。

我的心头。

> 人生有喜悦，也有悲怜。
> 看透了这一点，
> 才能安然走过世间。

> 每一个夜晚，每一个清晨，
> 有人生来就为不幸伤神。
> 每一个清晨，每一个夜晚，
> 有人生来就被幸福拥抱。
> 有人生来就被幸福拥抱，
> 有人生来就被长夜围绕。

她抬头看到了我。
"为什么这样看着我，迈克？"
"怎样？"
"你这样看我，就像你爱过我一样……"
"我当然爱你啦，我还能怎样看你？"
"但你刚刚在想什么？"
我缓慢而又诚挚地说："我在想，我第一次看到的你——站在一排枞树下。"是的，我始终记得初识艾丽时，那份惊喜和激动……

艾丽微笑着看着我，又轻轻唱起。

> 每一个清晨，每一个夜晚，
> 有人生来就被幸福拥抱。

有人生来就被幸福拥抱，
有人生来就被长夜围绕。

人往往不知道一生当中真正重要的时刻——直到为时已晚。
我们去费尔伯特家吃午餐，然后高高兴兴回到家里的那一天，就是一个重要的时刻，但我当时并没有意识到——直到事后才明白。

我说："唱唱那首关于飞虫的歌吧。"然后她换成了好像欢乐舞蹈般的旋律，唱了起来：

小小的飞虫，
夏日的游戏。
我不经意的手，
将你拂走。

也许我也是，
像你一样的飞虫。
不知你是否，
如我一般，也在人世逗留。

我终日舞蹈，没有烦忧，
我夜夜笙歌，一醉方休。
直到，某只鲁莽的手，
也拂过我翅膀的时候。

若思想如生命一样，

是呼吸,也是力量,
那缺乏思想,
便如同死亡。

所以我,
一只快乐的飞虫。
无所谓活着,
或是已到了,生命尽头。

噢,艾丽——艾丽……

第十五章

这个世界的惊奇之处，就是事情总会朝你未曾预料到的方向发展。

我们搬进了新房子，在那里生活，并且如计划中一样，远离每一个人。当然，我们不能把所有人都隔绝在外，还是有很多事情向我们蜂拥而来。

首先，当然是艾丽那该死的继母。她又是写信又是发电报，要艾丽去见见房产经纪人，因为她非常中意我们的房子，也想在英国买一幢。她说她很乐意每年在英国待上两个月。伴随着最后一封电报，她人也赶到了，我们不得不带她四处逛逛，考察一下附近的情况。最后，她总算是选定了一处，那地方离我们十五英里远。我们当然不乐意她住在那儿，简直恨透了她这个念头——但我们又不能直言不讳地跟她说。或者说，就算我们直言不讳地告诉她，如果她心意已决，那也无法改变。我不能命令她不要搬来，虽然我知道，这是艾丽最不希望看到的事。然而，就在她等调查人员的消息时，又有一些电报过来了。

有一封来自弗兰克叔叔，他好像又惹了什么麻烦，我揣测是诈骗之类的事情，这意味着他需要一大笔钱来摆脱麻烦。还有更多的电报来自利平科特先生，他和艾丽已经来来往往了好几封了。

后来发现，原来是斯坦福·罗伊德和利平科特先生之间有了些麻烦，他们似乎在艾丽的投资问题上产生了分歧。我曾经无知地以为，美国的那些人离我们很远很远，我从来没有意识到，艾丽的亲戚，或是和她生意上有来往的人，根本没把坐二十四小时飞机来英国再飞回去当回事儿！

先是斯坦福·罗伊德飞了过来，然后他又回去了。现在，利平科特先生又飞过来了。

艾丽不得不到伦敦去见他们。我对财务方面的事情还不了解，总以为每个人都是小心翼翼地各司其职。但有些不太好的迹象表明，这些与艾丽的信托基金有关的事情，不是利平科特先生在拖延进度，就是斯坦福·罗伊德在耽搁结算。

在这堆烦心事中喘口气的时候，艾丽和我发现了我们的"愚者之地"。我们还没有真正调查过我们的财产——我指的是房子周围。我们经常沿着树林间的小径一直走，看能通往什么地方。有一天，我们顺着一条小路走着，这条小路杂草丛生，以至于一开始根本看不出有条路。不过最终我们还是走到了底，来到了一处艾丽称之为"愚者之地"的地方——一个小小的、有点可笑的白色亭子。

其实这个地方环境相当不错，于是我们把它清理了一下，重新刷了一遍漆，放了一张桌子和几把椅子在里面，还有一张躺椅和一个墙角柜，墙角柜里则放了一些瓷器、杯子和瓶子。这真的很有趣。艾丽说还要开辟一条道路，这样我们上来就方便多了。我说不，如果除了我们，别人谁也不知道这个地方，那会更好玩。艾丽承认这真是一个浪漫的想法。

"我们绝不能让寇拉知道。"我说。艾丽非常同意。

当我们从那里下来时——不是第一次，而是后来——寇拉已经走了。我们期望像以前一样平静安逸，但在我前面蹦蹦跳跳的艾丽，突然被一根树枝绊了一下，摔倒了，扭伤了脚踝。

肖医生来了，说这下扭得不轻，不过一周后就会完全康复。于是艾丽就写信叫格丽塔过来，我无法反对。确实也没有人能很好地照顾她，我是指女人。我们的仆人特别没用，而且无论如何，艾丽需要格丽塔，所以格丽塔来了。

她的到来，对艾丽来说是一个极大的安慰。就当时的情况而言，对我来说也是如此。她安排了许多事情，整个家又井井有条地运转起来。我们的仆人曾提出这里太孤独偏僻了——其实我认为是寇拉让他们感到讨厌——于是格丽塔又贴出广告，立刻就招来了两名新仆人。她悉心照料艾丽的脚踝，逗艾丽开心，知道她喜欢什么东西就都拿来给她——诸如书啊、水果啊之类的——而对艾丽的这些喜好我一无所知。她们在一起似乎特别开心，艾丽当然很乐意见到格丽塔，不管怎样，格丽塔不再离开了……她留了下来。

艾丽对我说："如果格丽塔再多待一段时间的话，你不会介意的，对吗？"

我说："噢，当然，当然不介意了。"

"有她在感觉太好了。"艾丽说，"你看，我和她可以做很多女人之间的事情，女人就是要有女人陪伴啊。"

每一天，我都发现格丽塔变得越来越自作主张、颐指气使、开始不断地发号施令。我假装很乐意有格丽塔在我们家，但有一天，当艾丽抬高了脚躺在客厅的时候，格丽塔和我在外面的阳台上突然吵了起来。我已经记不得到底因何而起了，格丽塔说了些什么惹恼了我，我尖刻地回了嘴，然后就你来我往互不相让，逐渐演变成激烈的吵架。我们的声音越来越大，她对我说出了她能想到的所有刻薄无情的话语，而我也还以颜色，丝毫不落下风。我说她是个飞扬跋扈、多管闲事的女人，她影响了艾丽太多，我不能再容忍艾丽总是被别人管束了。我们俩吵个不停，突然艾丽一瘸一拐地走出来到了阳台上，看看我，又看看格丽塔。

我忙说："对不起，亲爱的。实在对不起。"

我走回屋子，重新把艾丽安顿在沙发上。她说："我一直没意识到，一直没意识到你……你真的很反感格丽塔待在这里。"

我极力安慰她，使她平静下来，跟她说不要介意，我只是冲动发脾气，有时候我就是喜欢争吵的。我说，争吵的原因就是我认为格丽塔太专横跋扈了。也许这很自然，她一贯如此。最后我还说我真的很喜欢格丽塔，都是因为我心情不好、有点急躁才吵起来的。所以，这件事的了结方式，是我几乎恳求着格丽塔继续留下来。

我们引起了挺大的骚动，我想屋子里很多人都听到了。我们的新男仆和他的妻子肯定也听到了。当我生气时，我会大喊大叫，这确实有点过分，但我喜欢这样。

格丽塔似乎非常担心艾丽的健康状况，说她不应该干这个，不应该干那个。

"你知道，她身体真的很弱。"她对我说。

"艾丽什么事也没有，"我说，"她好得很。"

"不，迈克，她很娇弱！"

肖医生又一次来看艾丽脚踝的时候，告诉她已经没事了，如果想在崎岖的地面上走动，只要包扎一下就行了。这时我以男人独有的愚蠢方式，问了他一句："她并不娇弱，是吗，肖医生？"

"谁说她娇弱了？"肖医生是现如今很少有的那种医生，事实上，他在当地以"顺其自然的肖"而闻名。

"据我所知,她没有任何问题。"他说,"任何人都会把脚扭伤。"

"我不是指她的脚踝,我是说,她是否有一颗娇弱的心脏,或者其他什么之类的。"

他从眼镜上方望着我。"别胡思乱想,年轻人。你的脑袋里怎么会想这种事?你可不是会在意女人小毛病的那类人啊。"

"是安德森小姐说的。"

"哦,安德森小姐。她知道什么!她没有医师执照吧?"

"没有。"我说。

"你太太是个很有钱的女人,"他说,"这已经在当地口耳相传了。当然,有些人觉得美国人都是富翁。"

"她是挺有钱的。"我说。

"好,你必须记得,有钱的女人在很多方面都是吃亏的。一些医生总会给她们开很多粉末啦,药片啦,刺激性的药物或者镇静剂之类的,而这些东西她们最好碰都别碰。现在乡下妇女往往更健康,就是因为没人如此担忧她们的健康状况。"

"她确实会服用一些胶囊,或者类似的药物。"我说。

"如果你愿意,我可以给她做个检查,也许会发现他们给她的是些什么乱七八糟的东西。我可以告诉你,在此之前我常对人说'把这些东西统统扔进废纸篓'。"

于是在离开前,他对格丽塔说:"罗杰斯先生要我给罗杰斯太太做个全身检查,结果没有发现任何问题。我认为多在室外运动运动,对她有好处。她平常都吃些什么药?"

"她在感到疲劳的时候会服一些药片,还有一些是她失眠的时候吃的。"

她和肖医生去看了看艾丽的处方单。艾丽微笑着。

"这些东西我都不吃的，肖医生。"她说，"我就吃治过敏的药。"

肖医生看了看这些药，读了读处方单，说这些药没什么副作用。接着他又拿起安眠药的处方。

"睡眠不好吗？"

"住乡下后就没问题了。自从搬到这儿之后，我就再也没吃过安眠药。"

"嗯，这是件好事。"他拍拍她的肩膀，"你一点毛病都没有，亲爱的。要我说，就是有时候有点忧虑，仅此而已了。这些药的药性都挺温和，现在很多人都服用，没什么坏处。继续吃吧，但是别再碰安眠药。"

"我不知道为什么会担心，"我抱歉地对艾丽说，"我想是格丽塔的缘故。"

"噢。"艾丽大笑起来，"格丽塔总是对我小题大做，她自己却从来不吃药。我们得清理一下了，迈克，把这些没用的东西扔掉。"

艾丽如今和我们的大部分邻居都相处得很好。克劳迪娅·哈德卡斯特尔经常过来，有时候她还和艾丽一起出去骑马。我不会骑马。我这辈子都在鼓捣汽车和机械方面的东西，对马一无所知，尽管我曾在爱尔兰清洗过一两周马厩。但我暗自想，什么时候我们生活在伦敦时，我会去一家高级的马术训练所学习如何骑马。可我不想从这儿开始，别人会笑话我的。

我认为骑马对艾丽非常有好处，看上去她乐在其中。格丽塔也鼓励她骑马，尽管格丽塔自己也是门外汉。

艾丽和克劳迪娅一起去过一个拍卖场，并且在克劳迪娅的建议下给自己买了一匹马，还给这匹棕色的马取名为"征服者"。

我提醒艾丽,出去骑马时务必小心一点,她却嘲笑我。

"我三岁就开始骑马了。"她说。

于是,她基本上每周要出去骑三四次马,而格丽塔通常会开车去查德威市场购物。

有一天吃午饭的时候,格丽塔说:"该死的吉卜赛人!今天早上有一个长得很难看的老太婆,突然站到路中间,我几乎都要撞上她了。这还是在上坡呢,但我没办法,只好停下来。"

"她要干吗?"

艾丽听着我们说话,自己不发一言。尽管如此,我还是察觉到,她非常忧虑。

"该死的,她威胁我。"格丽塔说。

"威胁你?"我惊声说。

"嗯,她要我离开这儿。她说:'这里是吉卜赛人的地方,滚回去,滚回你们自己的地方去。如果你想平安无事,那就从哪儿来,回哪儿去!'她还举起拳头在我眼前晃来晃去,说,'如果我诅咒你,那么从此以后你就不会再有好运气了。买了我们的土地,还在上面盖了房子。在那儿应该是帐篷,而不是房子。'"

后来格丽塔还说了些其他的。午餐闲聊结束之后,艾丽蹙着眉头跟我说:"听起来有点难以置信,你认为呢,迈克?"

"我认为格丽塔添油加醋了一番。"我说。

"听起来确实不太对劲,"艾丽说,"也许是格丽塔说得夸张了吧。"

我想了想。"她为什么要夸夸其谈呢?"然后我敏锐地问道,"最近是不是都没有见过我们那位黎婆婆了?你出去骑马的时候有没有见过?"

"那个吉卜赛女人?没见过了吧。"

"你好像不太确定,艾丽。"我说。

"我觉得我瞥见过她几眼,"艾丽说,"你知道,她老是站在树丛中,距离从没有近得能让我清楚地看到,所以我也不能确定。"

但有一天,艾丽浑身发抖、脸色苍白地骑着马回来。

那个老女人从树丛中走出来了。艾丽勒住马,停下来和她说话。

她说那个老女人冲她挥拳头,嘴里还嘀咕一些听不清楚的话。艾丽说:"这次我很生气,我对她说:'你在这里想干吗?这块土地现在不属于你,这里是我们的地方,我们的房子。'

"那个老女人说:'这里不是你们的土地,并且永远都不会是。我警告过你第一次,也警告过你第二次,我再也不会警告你了。时日无多了——我可以告诉你。我看到了死神,就站在你左肩后面。死神跟随着你,很快就要把你带走。你骑的这匹马,有一只脚是白色的,难道你不知道骑这种马会有厄运吗?我已经看到死神了,而你们建造的那幢豪宅也将变成一片废墟。'"

"不能再纵容她了!"我愤怒地说。

这次艾丽没有一笑而过,她和格丽塔都很不安。我起身直奔村里,先来到黎婆婆的农舍,但我犹豫了,因为里头没有灯光,于是我转身去了警察局。我知道那儿的长官——凯恩警长——是一个公正、理智的人。

他听完我的话,然后说:"很抱歉让你碰到了这样的麻烦。她是一个非常老的女人了,这会让她变得招人讨厌。迄今为止,她还没有给我们惹过什么真正的麻烦。我会跟她谈谈,让她别再打扰你们。"

"但愿行得通。"我说。

他踌躇了一下，然后说："我并不是想暗示什么……但是我想，罗杰斯先生，这附近会不会有人——可能是因为某个微不足道的理由——对你们怀恨在心？"

"我觉得这完全不可能，没有理由啊。"

"黎婆婆最近很阔绰，我不知道她哪里来的钱。"

"你的意思是……"

"可能有人付了她钱——某个想赶你们出去的人。曾经就有一次，当然是很早之前了，她从村里某人那儿拿了笔钱，把一个邻居赶跑了。做的都是同样的事情——威胁、警告、不怀好意地看相。村里人往往是迷信的。可以这么说，在英国，有自己信奉的女巫的村庄数量绝对会让你大吃一惊。她受到了一次警告，此后，据我所知就再也没发生类似的事情了。不过她见钱眼开，为了钱什么都愿意做。"

但我无法接受这个解释。我向凯恩指出，我们在这儿完全是陌生人。"我们还没有时间树敌。"我说。

我带着困惑和忧虑走回了家。当转过露台转角时，我听见艾丽的吉他声微弱地传来。还有一个高高的身影，本来站在窗口朝里看，这时转身向我走来。一时间，我以为是个吉卜赛人，当我认出是桑托尼克斯时，才松了口气。

"噢，"我轻喘一下，说道，"是你。你从哪儿冒出来的？我们好久没听到你的消息了。"

他没有直接回答我，只是抓着我的胳膊，把我从窗边拽走。

"原来她在这儿！"他说，"我并不吃惊，我以前就想过，她迟早会来。你为什么让她来？她很危险，这你应该知道。"

"你说艾丽？"

"不，不，不是艾丽，另一个！叫什么来着，格丽塔？"

我盯着他。

"你知道格丽塔是什么人吗,还是说你不知道?她来了,是吧?入侵啦!你赶不走她啦,她就留在这里了!"

"艾丽扭伤了脚踝,"我说,"格丽塔过来照顾她。她——我想她很快就会走的。"

"你对这种事情一点也不了解。她一直打算过来,我知道的。盖房子的时候她来过,我一看就知道她是什么人了。"

"艾丽好像需要她。"我咕哝着。

"是的,她和艾丽在一起有一段时间了,是吗?她知道如何摆布艾丽。"

这是利平科特说过的话,后来我也明白,这话是多么真实。

"你希望她留在这里吗,迈克?"

"我总不能把她从屋子里扔出去。"我生气地说,"她是艾丽的老朋友,最最要好的朋友,我他妈能做什么!"

他看着我。那是种非常奇怪的眼神。桑托尼克斯是个奇怪的人,你从来不知道他话语中的真正含义。

"你知道你在往哪儿去吗,迈克?"他说,"你在想什么?有时候,我认为你什么都不知道。"

"当然知道了。"我说,"我正在做我想做的事,正去往我想去的地方。"

"是吗?我表示怀疑。我怀疑你是否真知道自己想要的是什么。你和格丽塔的关系让我很担心。她比你强大,你知道的。"

"我不知道你是怎么得出结论的,这不是强大不强大的问题。"

"不是吗?我认为就是如此。她是强硬派,这种人总是能得到想要的。你不想让她留在这里,这是你说过的话。但她现在还在这里。我一直观察着她们,她和艾丽坐在一起,在家里喋喋不休,好像是她们两个搬来了这里。那么你呢,迈克,一个外人?你不会就是一个外人吧?"

"你疯了吧,你在说什么啊。什么叫——我是个外人?我是艾丽的丈夫,难道不是吗?"

"你是艾丽的丈夫吗?或者说,艾丽是你的妻子吗?"

"别傻了,"我说,"这两者有什么区别吗?"

他叹了口气。突然,他的肩膀耷拉下来,就好像活力从他身上离开了。

"我对你无能为力。"桑托尼克斯说,"我没法让你听我的,也没法让你理解。有时候我觉得你什么都了解,有时候又觉得你对自己和其他人都一无所知。"

"听我说,"我说,"我从你那里收获了很多,桑托尼克斯,你是个杰出的建筑家,但……"

他的脸色以一种古怪的方式改变了。

"是的,"他说,"我是个好建筑家,这幢房子是我最好的作品,我几乎对它完全心满意足。你想要这样的房子,艾丽也想要这样的房子,和你一起住。她得到了,你也得到了。把另外一个女人打发走吧,迈克,趁现在还不算太晚。"

"我怎么能让艾丽难过呢?"

"那个女人已经让你服服帖帖了。"桑托尼克斯说。

"听着,"我说,"我不喜欢格丽塔。她让我心烦意乱,前两天我甚至和她大吵了一架,事情没你想得这么简单。"

"和她有关的事情当然都不会简单。"

"还有,不知道是谁,管这个地方叫吉卜赛庄,还说这里有毒咒。这种人还真有两下子。"我愤怒地说,"有吉卜赛人从树后面跳出来，晃着拳头冲我们威胁，说不离开这里，就有厄运降临。这里本该是个美好的地方啊。"

这番话有点奇怪，尤其是最后一句。我说的时候，就感觉好像是另外一个人在说。

"是的，它本该是这样。"桑托尼克斯说，"但如果有某种邪恶的东西笼罩这里，它又怎么能美好呢？"

"你怎么会相信这种……"

"很多稀奇古怪的事情我都相信……我对邪恶的事情还算了解。难道你没有意识到，从来没有感觉到过，在我身上就存在一部分邪恶吗？我一向如此啊。这就是为什么我知道有某种邪恶的东西在这附近，但我不知道它的确切所在。所以我希望我盖的这幢房子能远离邪恶，你明白吗？"他咄咄逼人，"你明白吗，这与我有关。"

然后他整个人态度都变了。

"来吧，"他说，"别在这里说废话了，我们去见见艾丽吧。"

于是我们经过窗口，进到了屋内，艾丽非常高兴地欢迎桑托尼克斯。

那天晚上，桑托尼克斯表现得非常正常，一举一动都合乎举止礼仪。没有比这个更到位的表演了，他完全扮演好了自己，风度翩翩，并且心情愉快。他和格丽塔聊了很多，给人的感觉是，他在格丽塔面前更加不吝惜自己的魅力。不管是谁都会发誓，他被她吸引了，他喜欢她，急于取悦她。这让我感觉到，桑托尼克斯真是个非常危险的人物，他还有很多不为我所知的部分。

格丽塔对他的赞美也总有回应，她同样展示了自己最好的一面。她懂得如何散发自己的魅力，也懂得如何控制，今晚，她是我见过最美丽的一次。她对桑托尼克斯微笑，好像非常着迷地听他谈话。

而我也不知道桑托尼克斯这种行为举止后面藏着什么,你永远不会了解桑托尼克斯。

艾丽说希望桑托尼克斯多待两天,但他摇了摇头,说他第二天就得走。

"你现在正在建造什么吗,是不是很忙?"

他说不,只不过他刚刚出院。

"他们又把我修补了一次,"他说,"但这也许是最后一次了。"

"修补你?他们对你做了什么?"

"把我身体里的坏血抽出去,再换上新鲜的、健康的。"他说。

"噢。"艾丽微微打了个寒战。

"别怕。"桑托尼克斯说,"这事儿永远不会发生在你身上。"

"但为什么发生在你身上?"艾丽说,"太残酷了。"

"不残酷,不。"桑托尼克斯说,"我听了你刚刚唱的歌:

人生有喜悦,也有悲怜。
看透了这一点,
才能安然走过世间。

"我已经看透啦,至于你……

每一个清晨,每一个夜晚,
有人生来就被幸福拥抱。

"这是你。"

"我希望我能感到安全。"艾丽说。

"你现在感觉不安全吗?"

"我不喜欢被威胁,"艾丽说,"我不喜欢任何人诅咒我。"

"你在说吉卜赛人?"

"是的。"

"忘了吧。"桑托尼克斯说,"今晚就忘了它,快乐一点。艾丽,你很健康——你还有很长的路要走,而我,只愿能有一个快速而仁慈的结局。也希望迈克在这儿能有好运——"他打住了话头,朝艾丽举起杯子。

"嗯?"艾丽问,"敬我吗?"

"敬你,为了即将发生在你身上的事情!也许是成功吧?"他又加了一句,带着一丝讥讽和嘲弄。

第二天一早,他就离开了。

"多奇怪的一个人啊,"艾丽说,"我从来就不了解他。"

"他说的话,一半我都听不懂。"我说。

"他知道很多事情。"艾丽若有所思。

"你意思是,他能预测未来?"

"不,"艾丽说,"我不是这个意思。他了解人。我跟你说过一次,他对人的了解,远甚于那些人对自己的了解。正因为如此,他有时候憎恨别人,有时候却又替别人感到可怜。尽管他从来没有替我感到可怜过。"她沉思着加了一句。

"为什么他要替你感到可怜?"我追问道。

"噢,因为——"艾丽没有说下去。

第十六章

第二天下午,我匆匆行经树林间最阴暗的地方时——那地方的阴影比其他任何地方都要更阴森恐怖——我看到一个高个女人的身影站在路当中。

我下意识地退了一步,我以为肯定是那个吉卜赛女人,但当我看清楚她是谁的时候,我惊呆了。那是我妈妈。

她站在那儿,头发花白,面色严峻。

"天啊,"我说,"你吓了我一跳,妈妈。你在这儿干什么?来看我们?我们邀请过你好几次了,不是吗?"

其实不然。我们曾经发出过一次非常冷淡的邀请,仅此一次。我非常确信,以那种方式邀请的话,我母亲绝对不会接受。我不想让她来这里,从来都不想。

"你说对了。"她说,"我终于还是来看你们了,看看是否一切都好。这就是你们造的豪宅吗?还真的是座豪宅。"她的眼神越过我的肩膀,看着我的后方说。

从她的语气中,我嗅出了一股酸溜溜的味道,这是我意料之中的。

"对我这样的人来说,简直过于豪华了,是吧?"我说。

"我可没这么说,小伙子。"

"但你就是这样想的。"

"那不是你与生俱来的环境。脱离自己的身份地位，对你没什么好处。"

"如果人人都听你的，那他们什么事都做不成。"

"我明白你的话，也知道你心里在想什么，但我实在不知道野心对一个人有什么好处。那不过是一种让人变得轻浮狂妄的东西。"

"噢，看在上帝的分上，别再说这种话了。"我说，"来，过来亲眼看看我们高贵的住宅，再对它嗤之以鼻吧。也见见我高贵的妻子，如果你敢的话，也对她嗤之以鼻吧。"

"你妻子？我已经见过了。"

"什么意思，你已经见过了？"我质问道。

"这么说，她没告诉你？"

"什么？"我问。

"她来看过我。"

"她去看过你？"我惊讶得目瞪口呆。

"是的，有一天她站在我家门外，按响了门铃，看上去有点害怕。她是一个漂亮的姑娘，很甜美，穿着一身精致的衣服。她说：'你是迈克的妈妈，对吗？'我说：'是的，你是谁？''我是他妻子，'她说，'我一定要来看看你。不认识迈克的妈妈，似乎有点不应该……'于是我说：'我打赌，他一定不想让你来。'然后她犹豫了，我又说，'你不用介意该对我说什么，我了解我的儿子，我知道他想要什么，不想要什么。'她说：'你认为——可能他对你的身份背景有点害羞，因为你们比较贫穷，而我这么富有，但根本不是这么一回事。这完全不像他了，真的，他不是这种人。'我又说：'你不必告诉我这些，姑娘。我知道我儿子有什么缺点，你说的这些不是他的缺点，他不会因他母亲感到害羞，

也不会因自己的出身而感到害羞．'

"'他不会因我感到害羞的，'我对她说，'如果硬要说的话，那就是他怕我。你知道的，我对他太了解了。'这番话好像把她逗乐了。她说：'我知道母亲们总是感觉她们了解儿子的一切，我也知道做儿子的正因为这一点，常常觉得难为情。'

"我说，在某种程度上她说得没错。你从小就爱装模作样。我想起了自己，记得小时候在姑姑家，我床头的墙上挂着一个烫金相框，里面是一只大眼睛。姑姑就说：'上帝在看着你。'这让我每次睡觉前都感觉毛骨悚然。"

"艾丽应该告诉我她去看过你的。"我说，"我不知道她为什么要如此保密，应该告诉我的。"

我生气了，非常生气。我根本没想到，艾丽连这种事情都要对我保密。

"可能她对自己所做的事情有点害怕。但她应该没理由害怕你啊，孩子。"

"来吧，"我说，"来看看我们的房子吧。"

我不知道她是否喜欢我们的房子。我猜是不喜欢。她四处看了看房间，挑了挑眉毛，然后到了带露台的房间。艾丽和格丽塔坐在里面，她们刚从外面回来，格丽塔肩上披着一件猩红色的羊毛斗篷。我妈妈看着她们两个，就好像脚底下生根了似的，一直站着。艾丽跳起来，穿过房间朝我们奔来。

"噢，是罗杰斯夫人。"然后她转向格丽塔说，"迈克的妈妈来看我们和房子了，太好了！这是我的朋友格丽塔·安德森。"

她紧紧握住妈妈的双手，妈妈看着她，然后越过她的肩膀，严厉地看向格丽塔。

"我明白了，"她自言自语，"我明白了。"

"你明白什么了?"艾丽问。

"我一直在想,"妈妈说,"我一直在想,这里的一切会是怎么样的情形。"她四下打量,然后说,"是的,真是漂亮的屋子,漂亮的窗帘,漂亮的椅子,漂亮的画。"

"你一定得喝点茶。"艾丽说。

"你们好像已经喝过茶了。"

"喝茶是一件永远不会结束的事情。"艾丽说。然后她对着格丽塔说:"我就不摇铃叫仆人了,格丽塔,你去厨房泡壶新鲜的茶好吗?"

"没问题,亲爱的。"格丽塔说着走出了房间,走的时候,还扭头看了我母亲一眼,眼神里有点惊恐。

我妈妈坐了下来。

"你的行李在哪儿?"艾丽说,"你会住两天吗?我希望你住下。"

"不,姑娘,我不住了。半小时后我就坐火车回去了,我就是想来看看你们。"然后她很快速地加了一句,可能她希望在格丽塔回来之前说出来,"别担心了,亲爱的,我已经跟他说了你来看过我的事儿。"

"对不起,迈克,我把这件事瞒着你。"艾丽坚定地说,"只是我觉得,最好还是别告诉你。"

"她确实是出于善意的考量。"我妈妈说,"你娶了个好姑娘,迈克,而且又漂亮。是的,非常漂亮。"然后又很轻地加了句,"对不起。"

"对不起?"艾丽感到很迷惑。

"为我过去的一些想法道歉。"妈妈说,然后又略带紧张地补充了一句,"嗯,正如你所说,母亲都是这个样子,善于怀疑儿媳妇。但我看过你后，就知道他是幸运的。对我来说，这一切太好了，我都不敢相信是真的了。"

"太没道理啦，"我笑着说，"我品位一向很好的。"

"你的品位都很昂贵，你是这个意思吧。"妈妈看着织锦帘子说道。

"有昂贵的品位也不是什么坏事。"艾丽笑着对她说。

"你要叫他时不时省点钱，"我妈说，"这对他的性格有好处。"

"我拒绝改变我的性格。"我说，"娶一个妻子的好处，就是妻子认为你所做的一切都是完美的，是不是，艾丽？"

艾丽又高兴了起来，她笑着说："你又自命不凡了，迈克，你很自负嘛。"

格丽塔端着茶壶进来了。本来我们都有点不自在，不过刚刚已经完全消除了。不知怎么，格丽塔出现后，这个有点尴尬的气氛又回来了。我妈妈拒绝了所有艾丽邀请她留下来的努力，过了一会儿，艾丽也就不再坚持了。她和我一起陪妈妈走过树林间的小道，来到大门。

"你们管它叫什么？"妈妈突然问。

艾丽说："吉卜赛庄……"

"噢。"妈妈说，"这附近有吉卜赛人，是吗？"

"你怎么知道的？"

"来的时候我看到了一个，她怪模怪样地盯着我。"

"她没什么的，"我说，"有点疯疯癫癫，就是这样。"

"为什么说她疯疯癫癫？她看着我的样子有点滑稽。她对你们做过什么怪事吗？"

"我认为都不是真的。"艾丽说，"我觉得都是她的想象，说我们让她失去了土地之类的事情。"

"我猜她是要钱。"我妈妈说,"吉卜赛人都是财迷。有时候他们大叫大嚷如何被欺骗,不过只要一拿到钱就消停了。"

"你不喜欢吉卜赛人。"艾丽说。

"他们之中有很多小偷,从来不好好工作,就喜欢拿不属于他们的东西。"

"噢,是啊。"艾丽说,"我们——我们现在不担心啦。"

临别的时候,我妈妈又说了一句:"和你们住在一起的那个年轻姑娘是谁?"

艾丽解释道,在我们结婚之前,格丽塔就和她在一起三年了,以及如果没有格丽塔,她的生活将多么悲惨。

"格丽塔尽其所能来帮助我们,她是一个很好的人。"艾丽说,"没了她,我不知道……不知道怎么生活下去。"

"她是和你们一起住,还是来做客?"

"噢,是这样的。"艾丽回避了这个问题,"她……她目前和我们一起住。我前一阵子扭伤了脚踝,必须有人照顾。但现在我已经好了。"

"新婚夫妇刚开始最好是保持二人世界。"妈妈说。

我们站在门口,目送着她下山离去。

"她性格很强硬。"艾丽若有所思地说。

我很生艾丽的气,非常生气,因为她没有跟我说,就去我家拜访了我妈妈。不过当她转过身来,站在那里看我,一边的眉毛微微扬起,脸上带着一半羞怯,一半心满意足的表情,我又不禁心软了。

"真是个会骗人的小东西。"我说。

"是啊,"艾丽说,"有时候我不得不这样,你明白的。"

"就像我曾经演过的一出莎士比亚戏剧,那还是在学校的时候。"我不自然地引用道,"'她欺骗了自己的父亲,可能还有你。'"

"你演的是谁——奥赛罗?"

"不,"我说,"我演的是那个女孩的父亲,我想这也是我记得这句台词的原因。尤其这是我不得不说的一句经典台词。"

"'她欺骗了自己的父亲,可能还有你。'"艾丽若有所思地说,"就我所知,我从来没欺骗过父亲,如果他还在的话,或许我会吧。"

"我不认为他会仁慈地接受你嫁给我这一事实。"我说,"可能比你继母还接受不了。"

"是的,"艾丽说,"我也不认为他会接受,他是一个相当传统的人。"然后她又露出了小女孩般的微笑,"所以我想,我肯定会像苔丝狄蒙娜①那样,欺骗自己的父亲,和你逃跑。"

"为什么你这么想见我妈妈,艾丽?"我好奇地问。

"不是我多么想见她,"艾丽说,"而是什么都不做,让我觉得很不好。你不经常提及母亲,但我想,她肯定一直在做能为你做的所有事。帮你解决困难,努力工作使你能接受额外的教育,诸如此类。所以我想,如果我不走近她,就显得我太恃财傲物了。"

"嗯,这不是你的错。"我说,"是我的错。"

"是的,"艾丽说,"我能理解,你可能不希望我去看她。"

"你认为我在母亲面前有自卑感?那不是真的,艾丽,我可以向你保证,不是这样的。"

---

① 《奥赛罗》中的女主人公。

"嗯，"艾丽想了想说，"我现在明白了。你不想让你母亲做一些其他母亲会做的事。"

"其他母亲会做的事？"我反问道。

"嗯，"艾丽说，"我看得出来，她是那种很清楚别人该干什么的人。我意思是说，她想让你做一些稳定的工作。"

"太对了。"我说，"稳定的工作，安稳的生活。"

"现在已经没什么关系了。"艾丽说，"我敢说这是一个好建议，但绝不是一个适合你的建议，迈克。你不是一个能安定下来的人，你不愿意安安稳稳。你想走遍天下，尝试各种事情——谁也不能束缚你。"

"我想和你一起，待在这屋子里。"我说。

"一段时间里，可能……我认为你会一直想回到这儿来，我也是。我想我们每年都会来这儿，我们在这里会比在其他任何地方都要快乐。但你还是想出去走走，你想要看各种风景，买各种东西，也许想要一些新点子来布置这里的花园，那我们可能就要去看看意大利的花园、日本的花园，各种各样的景观。"

"你让生活看起来如此多姿多彩，艾丽。"我说，"很抱歉我脾气有时有点冲动。"

"噢，我不介意你的冲动。"艾丽说，"我不怕你。"然后，她蹙着眉头加了一句，"你妈妈不喜欢格丽塔。"

"很多人都不喜欢格丽塔。"我说。

"包括你。"

"好了，艾丽，你老是这么说，这不是真的。我一开始有点嫉妒她，仅此而已。我们现在相处得非常好。"我又补充道，"我觉得是她让别人变得警戒心十足。"

"利平科特先生也不喜欢她，是吗？他认为她影响我太多了。"艾丽说。

"难道不是吗?"

"我不知道你为什么要这样说。是的,也许她是影响我了。这是自然而然的,她是一个个性相当突出的人,而我则需要有人可以信任、依靠,需要某个能支持拥护我的人。"

"以及能让你随心所欲的人?"我笑着问她。

我们手挽手走进房间。出于某些原因,那天下午天色很暗。我猜是因为阳光刚离开露台,所以留下了一种相对阴暗的感觉。

艾丽说:"怎么了,迈克?"

"不知道。"我说,"只是突然感觉,好像有人在我坟上走。"

"一只鹅在你坟上走[①],原话是这样的,是吗?"艾丽说。

格丽塔不在附近,仆人们说她出去散步了。

现在,我母亲知道了我婚姻的一切,也见过了艾丽。我做了一段时间以来我真正想做的事情:我寄给了她一张巨额支票,告诉她搬到一处好一点的房子里,给自己买些喜欢的家具。我当然不敢肯定她是否会接受,因为这笔钱不是我自己挣来的,我也不能假装说是挣来的。如我所料,她把支票撕成两半寄了回来,还有一张小字条。"这对我一点用都没有。"她写道,"你永远都不会改变,我现在算是明白了。愿上帝保佑你。"我把它扔在艾丽面前。

"你明白我妈妈是什么样子了吧。"我说,"我和一个千金小姐结了婚,靠有钱老婆的财产过日子,而这个老顽固不赞成!"

"别急,"艾丽说,"很多人都会这么想。她会原谅你的,她非常爱你,迈克。"她补充道。

---

① 英国古老谚语,用以形容一段长时间或异乎寻常的寂静。

"那她为什么总想改变我,让我变成她希望的那个样子?我就是我,不是其他人。我不是妈妈用模具浇铸出来的小孩子,我要做我自己。我是个成年人,我就是我!"

"你就是你,"艾丽说,"我爱你。"

接着,可能是为了让我分心,她说了一些令人不安的话。

"你怎么看我们新来的那个男仆?"

我从未想过他。考虑他干什么?如果有什么区别的话,那就是我喜欢他胜过原来那位。原来那位从来没有隐藏过对我社会地位的轻视。

"他很好啊。"我说,"怎么了?"

"我只是怀疑,他是不是一个保安。"

"保安?什么意思?"

"一个侦探,可能是安德鲁叔叔安排的。"

"他为什么要这样做?"

"嗯——可能怕有绑架,我猜。在美国,你知道,我们一般都有保镖——尤其在乡下的时候。"

又一个我以前不知道的有钱的坏处!

"多残忍的想法啊!"

"噢,我不知道……也许我习惯了。有什么关系呢?人们从来就不在意。"

"那他妻子也参与其中吗?"

"她肯定也是的,我猜,尽管她烧菜烧得真好吃。我猜安德鲁叔叔——或者斯坦福·罗伊德,不管是他们之中的谁想出来的——肯定付了一笔钱给我们原来的仆人,让他们离开,然后让这两个安排好的人代替,这事儿非常简单。"

"而没有告诉你?"我仍然半信半疑。

"他们从没想过要告诉我,我可能会大声抗议的。再说,也可能是我误会他们了。"

"可怜的富家千金。"我恶狠狠地说道。

艾丽根本不介意。

"我觉得这个描述很贴切。"她说。

"从你身上,我一直能看到这种感觉,艾丽。"我说。

第十七章

睡眠真是一件不可思议的事情。你上床前，还在担心吉卜赛人、秘密的敌人、安插在你家的侦探、被绑架的可能性，还有其他一百件事情，睡眠却把这一切一扫而空。好像去了很远的地方旅行，你并不知道身处何地，但当你醒来后，所看到的是一个崭新的世界，没有烦恼，没有恐惧。九月十七日那天，我一醒来就陷入一种兴奋的情绪当中。

"美妙的一天！"我非常确定地对自己说道，"这一定会是美妙的一天。"我相当肯定，就像广告中的那些人一样，我可以去任何地方，做任何事情。我在脑子里又重新检查了一下计划。我已经安排好，和费尔伯特少校在一个十五英里远的拍卖会上见面。那里有些东西挺不错的，我已经在目录上画出了两三件，整件事情让我激动异常。

费尔伯特对仿古家具、银器等东西有很好的见识，倒不是因为他是个艺术家——他完全是运动型的人——只是因为他懂。他整个家族都知识渊博。

吃早餐的时候，我浏览了一下目录。艾丽穿着骑马的装束下楼来了。现在她绝大多数早上都会出去骑马——有时候一个人，有时候和克劳迪娅一起。她还保留着美国人吃早餐的习惯，只喝一杯咖啡和一杯橘子汁，其他什么都不吃了。而我的胃口呢，我现在尚未采取任何措施来抑制它。我简直就像维多利亚时代的大地主！我喜欢餐具柜里有许多热菜，这天早餐我吃的是腰花、腊肠和熏肉，味道好极了！

"那你准备干什么呢，格丽塔？"我问。

格丽塔说她要去查德威市场的一个车站，和克劳迪娅·哈德卡斯特尔碰面。她们要去伦敦参加一个"白色展销会"。我很好奇什么是"白色展销会"。

"那里只允许卖白色的东西吗？"我问道。

格丽塔露出一副瞧不起我的神色，然后说"白色展销会"就是出售一些家庭用的布料、毛毯、毛巾和床单之类的东西。邦德街上有一家很特别的店铺，里面有很好的特价商品出售，她已经寄过去了一份采购清单。

我对艾丽说："好啊，格丽塔今天要去伦敦，我正好也要去参加一个拍卖会。你不如也开车进市区，在巴庭顿的乔治饭店和我们见面吧。听老费尔伯特说，那里的食物棒极了，他总建议我们去一下。一点钟，你穿过查德威市场，大约三英里后转弯，我想会有路标的。"

"好啊，"艾丽说，"我会去的。"

然后我扶她上了马，她骑马穿过树林走了。艾丽热爱骑马，经常沿着一条蜿蜒的小路骑上山，再骑回来，回家之前会让马在空地上疾驰一段。我把比较小的那辆车留给了艾丽，因为它易于停泊，自己则开那辆大的克莱斯勒。拍卖会开始前，我赶到了巴庭顿庄园，费尔伯特已经到了，他给我留了个位子。

"这里有很多好东西，"他说，"有两幅好画，一幅罗姆尼[①]

[①] 乔治·罗姆尼（George Romney，1734—1802），英国肖像画大师。

的，一幅雷诺兹①的，我不知道你是不是有兴趣？"

我摇了摇头。我当时的口味完全偏向于现代派艺术家。

"今天来了很多商人，"费尔伯特继续说道，"有几个来自伦敦。看到那边那个瘪着嘴唇的瘦男人了吗？那是克莱辛顿，很有名的。你没带妻子一起来？"

"没有，"我说，"她对拍卖不太感兴趣。尤其是今天上午，我特别不想让她来。"

"哦？为什么？"

"我想给艾丽一个惊喜。"我说，"你注意到四十二号拍卖品了吗？"

他看了一下目录，然后环视房间。

"嗯，那张混凝纸做的桌子吗？真的是非常漂亮的小玩意儿，这是我见过最好的混凝纸制品之一。这种材料的桌子尤其稀少，更多都是桌子上的小玩意儿。不过这一件是早期的样式，我以前从没见过类似的。"

这件小玩意儿镶嵌着温莎城堡②的图案，四周围绕着玫瑰、蓟花和三叶草③。

"很独特，"费尔伯特好奇地打量着我，"我以前没想到你的眼光是这样，不过……"

"不，不是的。"我说，"对我来说，这还是太华丽了，不过艾丽喜欢这样的东西。下星期她生日，我想把它作为生日礼物，一个惊喜。所以我不想让她知道我今天要拍下它。我想没有别的礼物会让她更满意了，这一定会让她大吃一惊。"

---

①雷诺兹（Sir Joshua Reynolds，1723—1792），英国学院派肖像画家、油画画家。
②温莎城堡位于英国伦敦以西三十二公里的温莎镇，是英国王室的行宫之一。
③分别为英格兰、苏格兰和爱尔兰的国花。

我们进场坐下,拍卖开始了。事实上,我想要的这件东西价钱窜得非常高。伦敦来的那两位商人对它也很感兴趣,尽管其中一位相当老练和谨慎,你几乎察觉不到他翻动拍卖清单的细微动作,但拍卖商却都看在眼里。我还买了一张齐本德尔式①的椅子。我觉得把它放在客厅里会不错。另外还买了一些质地很好的锦织窗帘。

"好啊,看起来你乐在其中。"上午的拍卖会结束后,费尔伯特站起来说道,"下午还来吗?"

我摇了摇头。

"不了,下午拍卖的东西没有我想要的,大部分都是卧室家具和地毯之类的吧。"

"是的,我想你也不感兴趣。好了——"他看了看表,"我们得走了,艾丽是在乔治饭店和我们碰头吗?"

"对,她会在那儿的。"

"那……呃……安德森小姐呢?"

"哦,格丽塔去伦敦了,"我说,"去一个叫什么'白色展销会'的地方,和哈德卡斯特尔小姐一起。"

"噢,是的,克劳迪娅前两天说起过。现在床单这一类东西的价格太吓人了。你知道一个亚麻枕套多少钱吗?三十五先令!过去只要六先令就够了。"

"你在居家购物方面也很有见识嘛。"我说。

"嗯,这都是听我妻子抱怨的。"费尔伯特笑着说,"迈克,你看起来气色很好,很开心啊。"

"因为我买到了那张混凝纸桌子。"我说,"或者说,这只是

---

①汤玛斯·齐本德尔(Thomas Chippendale, 1718—1779),著名的英国家具工匠,他设计的家具样式在当时的英国贵族中有很大影响。

一部分原因。今天一早醒来我就感到非常开心。你知道的,有时候你会觉得世界上所有事情都很棒。"

"嗯。"费尔伯特说,"小心点,这是人们常说的'乐极生悲'。"

"乐极生悲?"我说,"苏格兰人常说的,是吗?"

"在灾难到来之前,我的孩子,"费尔伯特说,"要控制好你的兴奋。"

"噢,我不信那些愚蠢的迷信。"我说。

"也不信吉卜赛人的预言,嗯?"

"最近没见过我们那位吉卜赛人,"我说,"至少一个星期了吧。"

"也许她离开这里了。"费尔伯特说。

他问是否可以搭我的车,我说可以。

"咱们用不着都开车过去,回来的时候,你可以在这儿把我放下来。艾丽会自己开车来吗?"

"会的,她开小的那辆来。"

"希望乔治饭店里能有一桌好菜,"费尔伯特少校说,"我已经饿了。"

"你买到什么东西了吗?"我说,"我太兴奋了,都没注意你。"

"是的,竞拍时你得时刻保持警惕,必须注意那几个商人在干什么。我叫了一两次价,但那些东西都远超我的承受能力。"

我猜想,尽管费尔伯特在周围拥有大量土地,但他的实际收入并不多。虽然他是个大地主,你却可以称他为穷人。只有卖掉相当一部分土地,他才有钱可以花,而他不会卖的,他热爱自己的土地。

我们到达乔治饭店时,发现已经有很多车停在那儿了,可能有些是从拍卖会上来的。我没看到艾丽的车。走进去后,我四下环顾寻找艾丽的身影,但是没找到。不管怎样,这时才刚过一点钟。

我们来到吧台,边喝边等艾丽来。那个地方相当拥挤,我向餐桌那边望去,发现他们仍帮我们保留着位子。那里还坐着一些我认识的当地人。坐在窗边的那个男人,他的脸很熟悉,我确信自己认识他,但想不起来是何时何地认识的了。我认为他不是当地人,因为他的衣着不是当地风格。当然,我以前认识很多人,不太可能一下子全部想起来。我唯一能确定的是,他今天没在拍卖会上出现过。这很奇怪,我认出了一张熟悉的脸,却想不起是在哪儿见过这张脸。人的面容真是难以捉摸。

乔治饭店的女领班穿着那件她一直穿的爱德华风格的黑色丝绸衣,窸窸窣窣地走了过来,对我说:"您要去预定的餐桌用餐吗,罗杰斯先生?有一两位客人在排队等着。"

"我妻子还有一两分钟就来了。"我说。

我又回到费尔伯特身边。我猜想可能是艾丽的车胎被扎破了。

"我们最好先进去吧,"我说,"他们好像很为难,今天的客人尤其多。恐怕……"我加了一句,"艾丽不是最守时的人。"

"啊,"费尔伯特用一种老派的腔调说,"女士们总喜欢让我们等,是吗?好的,如果你觉得没问题的话,迈克,我们就先进去开始午餐吧。"

我们走进餐厅,点了牛排和肉饼,开始吃了起来。

"艾丽真是太不应该了,"我说,"迟到这么久。"

我又补充说,可能是因为格丽塔在伦敦。

"艾丽习惯了,"我说,"习惯了让格丽塔替她保留预约、提醒她赴约、让她及时出发，诸如此类的事。"

"她很依赖安德森小姐？"

"在某种程度上，是的。"我说。

我们继续午餐，吃完了牛排和肉饼，又点了一个苹果塔，那东西的顶上毫不掩饰地黏着一块装样子的馅饼皮。

"我怀疑她是不是忘记了。"我突然说道。

"你最好打个电话。"

"是的，我想我最好这么做。"

我出去打了电话，接电话的是我们的厨师卡森太太。

"噢，是你啊，罗杰斯先生。罗杰斯太太还没回来呢。"

"什么意思，什么叫还没回来？从哪儿回来？"

"她骑马还没回来。"

"但那已经是早晨的事情了啊，她不可能整个上午都在骑马。"

"她没有交代什么，我正等着她回来呢。"

"你为什么不早点给我打电话，告诉我这件事？"我问道。

"您看，我不知道怎么找您，我也不知道您在哪儿。"

我告诉她我在巴庭顿的乔治饭店，并且把电话号码告诉了她，艾丽一回来，或一有消息，马上通知我。然后我又回到费尔伯特身边，他一看我的脸色就知道事情不太对劲。

"艾丽没回过家，"我说，"她早上出去骑马了。她大多数早上都会出去骑马，不过只骑半小时到一小时。"

"现在还不到担心的时候，孩子。"他和蔼地说，"你那儿是个偏僻的地方，你知道的。也许她的马崴了脚，她不得不走路回家。那里不是荒野就是树丛，根本找不到一个送信的人。"

"如果她改变计划，想骑马去看看谁什么的，"我说，"那她一定会打电话给我的,她肯定会给我留个信的。"

"好啦,不要慌。"费尔伯特说,"我认为我们现在该走了,马上就走,看看能发现什么。"

当我们出来走到停车场时,有另一辆车开走了。里面坐的是我在餐厅里注意过的那个男人。突然我想起了他是谁——斯坦福·罗伊德,要不就是某个像极了他的人。我很好奇他来这儿干什么。过来看我们?如果是的话,却没事先通知,有点奇怪。和他一起坐在车里的是一个女人,看起来像克劳迪娅·哈德卡斯特尔,但她不是和格丽塔在伦敦购物吗?这一切让我困惑不解⋯⋯

驱车离开的时候,费尔伯特看了我一两眼。有一次我也看着他的眼睛,痛苦地说:"没错。你今天早上说过,乐极生悲。"

"好了,别想这些了。她可能只是摔了一跤,扭伤了脚踝,或者类似的小事。她是个很好的骑手,"他说,"我见过她,她不可能出什么意外。"

我说:"意外任何时候都可能发生。"

我们把车开得飞快,最后来到了那片土地,边前行边搜索,不时停下来问问人。我们截住了一个正在挖掘煤炭的人,从他那里,我们获知了第一个线索。

"我看到过一匹没人骑的马,"他说,"两个小时前,或者更早些吧。我本想抓住它,但它一靠近我就飞快地奔走了。至于人,我是没看到。"

"最好回家看看,"费尔伯特建议道,"家里可能已经有消息了。"

于是我们回到家,但家里没有任何消息。我们找到马夫,叫他骑马去那片荒地搜寻艾丽。费尔伯特打电话回家,也叫了一个男人出去搜寻。他和我一起走过小径,穿过树林——这是艾丽经常走的路——再次来到荒地。

起先我们什么也没看到,然后我们沿着树林的边缘走,那一带有一些新冒出的小路。接着——我们找到她了。我们看到的是一团蜷缩在一起的衣服。马已经跑回来了,现在正站在那团衣服旁边,啃着地面上的植物。我开始奔跑。费尔伯特也跟着我跑了起来,速度之快远超我的想象,完全看不出他已经是这种年龄了。

她就在那儿——躺在那团衣服里,苍白的小脸面向天空。

"我不能……我不能……"说着,我把脸扭向了一边。

费尔伯特走过去,跪在她旁边,但几乎马上又站了起来。

"我们得去找医生,"他说,"肖医生,他离得最近。但是——我觉得没用了,迈克。"

"你意思是,她死了?"

"是的,"他说,"没必要再假装了。"

"噢,天哪。"我说着转过身,"我不能相信,这不是艾丽。"

"来,来点这个。"费尔伯特说。

他从口袋里掏出一个酒瓶,拧开瓶盖递给我。我猛灌了自己一口。

"谢谢。"我说。

马夫走了过来,费尔伯特吩咐他把肖医生叫来。

第十八章

肖医生开着辆破旧的路虎汽车来了。我猜这辆车他是用来在坏天气拜访偏僻农场时开的。他几乎没看我们两人,径直走过去,俯身看了看艾丽,然后朝我们走来。

"她死了至少有三四个小时了。"他说,"怎么回事?"

我告诉他,早上艾丽像往常一样吃过早餐就出去骑马。

"目前为止,她骑马出过什么事故吗?"

"不,"我说,"她骑术很好。"

"是,我知道她骑术很好,我看她骑过一两次。她从很小就开始骑马了,我知道的。我只是怀疑,她最近是不是出过什么事,对她的精神产生了一点影响。如果是那匹马受惊了……"

"这匹马怎么会受惊?它一直很温顺。"

"这匹马的性格相当温顺,"费尔伯特少校说,"它表现得很好,不是那么容易受惊的。她摔断骨头了吗?"

"我还没有做全面检查,但无论如何,她的身体看起来没受什么伤,也许有内伤吧。可能被吓到了,我猜。"

"但不可能被吓死吧。"我说。

"也有一些人是被吓死的,如果心脏不太好的话。"

"在美国时,他们说过她心脏不太好——至少是有点虚弱。"

"嗯,检查的时候,我找不到更多这方面的迹象。不过我们还没做心电图。不管怎么样，现在做这些也没什么用，反正不久后就会知道的——等验尸之后。"

他体谅地看看我，然后拍了拍我的肩膀。

"你回家去睡一觉。"他说，"这个打击太大了。"

奇怪的是，很多人这时候突然冒了出来，有三四个人站在了我旁边。有一个是路人，他在大路上走的时候看到了我们这一小群人。还有一个是脸颊红红的妇女，我猜她是要抄小路去农场。还有一个是上了年纪的修路工人。他们纷纷感叹，相互议论着。

"可怜的年轻女士。"

"这么年轻。从马上摔下来的，是吗？"

"唉，你永远不会了解马。"

"是罗杰斯太太吗，住在古堡里的美国太太？"

直到其他人都各自发表了表示惊讶的言论，那位上了年纪的修路工人才开口。他的话给我们提供了一些信息。他一边摇头一边说："我肯定看到它发生了，我肯定看到它发生了。"

医生马上转向他。

"你看到什么发生了？"

"我看到一匹马，脱了缰，在狂奔。"

"你看到这位女士摔下来了吗？"

"不，不，我没看到。我看见她时，她正沿着树林上面那块高地骑着呢。我转身清理路边的石头，然后听见马蹄声，抬头一看，那匹马正在狂奔。我没想过这是一起事故，我想也许是这位太太下马了，让马自己跑开。它没有跑向我，而是朝另一个方向去了。"

"你没有看到这位女士躺在地上？"

"没有，离得太远了，我看不清楚。我能看到马，是因为它背后衬的是明亮的天空啊。"

"她单独骑着马吗?当时有谁和她在一起,或者在她附近?"

"没人在她附近,没有,她就是一个人在骑马。她在离我不太远的地方骑马,从我身边经过,然后又去了另一边,我想是往树林那个方向去的。除了她和她的马,我没看到任何人。"

"也许是吉卜赛人把她吓着了吧。"脸颊红红的妇女说。

我突然转身。

"什么吉卜赛人?什么时候?"

"噢,是——是三四个小时之前,当时我走过那条路。我想是九点三刻左右,我看到了那个吉卜赛人,就是那个住在农舍里的吉卜赛女人,至少我认为是她。离得有点远,所以无法确定,但她是这一带唯一穿猩红色斗篷的人。她穿过树林,走上那条小路。有人告诉我,她曾经对这位可怜的美国太太说过一些难听的话,威胁过她,告诉她如果不离开这里,就会有不好的事情发生。我听说她威胁起来可是很可怕呢。"

"吉卜赛人,"我痛苦地对自己说,声音非常大,"吉卜赛庄。真希望我从没见过这地方!"

第三部

第十九章

  这之后又发生了什么事，我很难回忆起来了，我指的是这些事的先后顺序。如你们所见，在此之前我脑子还非常清楚，只对"事情从哪儿开始说起"有点疑虑而已。不过这件事发生后，就像一把刀子从天而降，把我的生活切成了两半。艾丽死后，我做的所有事情都是毫无准备的，各种人物、环境、情节交替混乱地发生，超出我的控制。这些事情不是发生在我身上，但都与我有关。至少看起来与我有关。
  大家对我都很和善，这似乎是我能想起来的最好的事了。我到处晃荡，茫然四顾，不知所措。格丽塔——我记得她很能适应环境，她有一种惊奇的能量，无论发生什么事情都能应付自如。人们不得不面对的繁杂琐事，她都能很好地处理，而我在这方面完全不行。
  他们运走了艾丽的尸体。我回到了家——我和艾丽的家。然后，我记得的第一件事就是肖医生独自过来找我。我不知道他具体待了多久，他沉稳、和善、理智，清晰又温柔地跟我讲接下来的安排。"安排"，他是这么说的。多么讨厌的一个词，好像代表了世间一切。但人的一生中极具分量的几个词——爱情、性、生命、死亡、憎恶——都是不能被安排的，能被安排的只有那些肮脏恶心的事情。这些事情发生前你从来没有想过，发生后，你却只能忍受。他们会安排验尸和送葬，工作人员会走进房间，用布把艾丽蒙住。为什么要蒙住，就因为艾丽死了？简直愚蠢透顶！

我很感激肖医生，他处理这类事情非常体贴，也很有条理。他温和地跟我解释验尸的必要性，他的叙述非常耐心，确保我能完全理解。

我不知道验尸到底是怎样的，但愿我永远别被验尸。对我这个外行来说感觉有点古怪，也不太真实。

验尸官是个戴着夹鼻眼镜、很会挑剔的小人物，我不得不向他澄清我是清白的。我向他描述早餐桌上最后一次见到艾丽的情景、艾丽像平日清晨里一样骑着马离开，还有我们约好一起吃午饭的事。她就和平常一样，我说，身体也很健康。

肖医生的证词很普通，没有什么值得注意的地方。他说，艾丽身上没有严重伤痕，锁骨扭坏和其他擦伤都是坠马所致，也没有内伤，但死亡却发生了。坠马之后，艾丽没有再移动过，所以他认为死亡是在瞬间发生的。因为没有特别的器官损坏导致死亡，所以，除了受惊引起心脏病发之外，没有其他解释了。我也尽可能地用我所知的医学术语提出，是不是因为有东西阻塞了呼吸道，引起窒息。但都没有，她的器官很健康，胃里也没有一点毛病。

格丽塔之前已经跟肖医生说过了，而现在她的证词变得更有说服力。她说艾丽可能在三四年前患过某种程度的心脏疾病。她从未听到任何明确的说法，不过艾丽的亲戚偶然说起过，艾丽的心脏很脆弱，一定要小心护理，不能过度操劳。除此之外就没有更多实质性的依据了。

接着我们走访询问了一些事发时在现场的人。上了年纪的修路工人是第一个接受询问的，他看到一位女士骑马经过，然后前进了五十码左右。尽管从没说过话,但他知道这位女士就是那幢新房子的女主人。

"你很清楚她的长相吗?"

"不,不是很清楚,但我认得那匹马,先生。它有一个蹄子是白色的,过去属于夏特格罗姆家的凯利先生。不过除了它性格温顺、表现良好、适合女士驾驭之外,其他我就不知道了。"

"当时那匹马正在制造什么麻烦吗——任何麻烦?"

"不,它非常安分,那天早晨天气也很好。"

他说那天周围人不多,他也没多注意什么。那条穿过荒野的小路,除了偶尔用作通往农场的捷径外,就没别的作用了。还有另外一条小路,在大约一英里远的地方与之交汇。那天早晨他看到两个人经过,不过都没有特别留心,只记得其中一个骑自行车,另一个步行。他们都离他太远了,根本看不清是谁。更早一些时候,在见到骑马女士之前,他好像还见到了黎婆婆,或者说,他认为那是黎婆婆。她穿过小路向他走来,然后拐进了树林。她经常在树林里走来走去。

验尸官问为什么黎婆婆没有出现在法庭上,老人才知道原来黎婆婆也被传唤过。然而,据他所知,黎婆婆几天前已经离开村子了,没人知道确切时间,她也没留下什么地址,她没有这个习惯。她经常谁也不通知就出走,然后在某一天突然回来,所以这件事其实挺正常的。事实上,也有一两个人说,他们认为黎婆婆在事发前一天就已经离开村子了。

验尸官又问老人:"但你认为,你看到的就是黎婆婆?"

"也不能这么说,不是很确定吧。那个女人很高,走路步伐很大,披着一件猩红色斗篷,很像黎婆婆的打扮,但我没有特别注意。我也在忙着做自己的活儿呢,可能是她,也可能不是她,谁知道呢?"

后面的对话,都是一些他之前说过的事情了。他看见一位女士骑马经过,这匹马他之前经常看到,他没有多留意。只不过后来他看到这匹马独自奔驰,看起来受了惊,他说"至少有可能是这样"。他也提供不了准确时间,也许十一点,也许更早些。后来他又看到那匹马,跑得更远了,似乎要折回树林。

接着,验尸官又转向了我,问了我更多关于黎婆婆的问题,就是那位住在农舍的艾斯特·黎。

"你和你妻子见过黎婆婆吗?"

"见过。"我说

"你们跟她说过话吗?"

"说过好几次了。其实,"我补充道,"是她跟我们说话。"

"她威胁过你,或你的妻子吗?"

我停顿了一会儿。

"从某种意义上来说,确实有过。"我说得很慢,"但我从不认为……"

"什么?"

"我从不认为她真的会做。"

"她看起来像对你妻子有什么特别的怨恨吗?"

"我妻子说过一次。她说她觉得黎婆婆对她有某种特殊的怨恨,但不知道是什么。"

"你或你妻子有没有命令她离开这里,或者威胁她,对她动粗——不管以什么方式?"

"都是她在侵犯我们。"我说。

"你有没有觉得她精神不正常?"

我考虑了一下。

"是的，"我说，"我觉得她不正常。我感觉，她越来越相信我们造房子的这块土地是属于她的，或属于她的族人之类的。在这一点上她特别偏执。"

我又慢慢补充道："我觉得她的情况越来越糟了，在自己的执念里越陷越深。"

"我明白了。她从来没有对你妻子进行过有身体接触的暴力行为吗？"

"没有，"我缓缓说道，"但她说话的口气很不好，就是那种吉卜赛老人的威胁警告，'待在这儿你们会倒霉的'，'不离开的话就会有灾难降临'。"

"她提到过'死'吗？"

"是的，我认为提到过。我们不是特别在意她说的，至少……"我补充道，"至少，我不在意。"

"那你觉得你妻子在意吗？"

"恐怕她有时候确实是在意的。那个老女人，你知道的，很会大惊小怪地吓唬人，我不认为她会为自己说过的话和做过的事负责。"

这次询问以验尸官决定把调查工作延期两周而告一段落。所有迹象都表明，艾丽的死是一起偶发事件，但没有足够的证据来证明到底是什么导致了她的死亡。

在听到艾斯特·黎的证词之前，他宁可将调查延期。

第二十章

调查庭结束后一天,我去拜访费尔伯特少校。我开门见山地表明来意。既然修路老人已经说了,看到某个像是黎婆婆的人那天早晨走进树林,我想听听他对这件事的看法。

"你知道那个老女人,"我说,"你认为她真会如此精心策划,然后漂亮地制造一起事故吗?"

"我真的不相信她会这样,迈克,"他说,"做这种事情通常需要非常强烈的动机,比如对自己所遭受的伤害进行报复。而艾丽对她做过什么呢?什么都没有啊。"

"我知道这有点疯狂,但她为什么时常出现在那条小路上,威胁艾丽要她离开?她似乎对艾丽有所怨恨,但这股怨恨从何而来呢?她以前从来没见过艾丽,对她来说,艾丽除了是个奇怪的美国人,还能是什么呢?她们的过去完全没有联系,没有历史渊源。"

"我懂,我懂。"费尔伯特说,"但我忍不住会想,迈克,这里头肯定有我们不了解的内幕。你妻子结婚前来过英国几次?她有没有在这里住过?"

"这我不敢确定,太难了,我对艾丽不是很了解。我指的是她认识谁、去过哪儿这些事,我们只是——偶然相遇认识的。"我低头看自己,又接着看看他。

"你不知道我们是如何相识的,对吗?"我继续说道,"你猜上一百年也猜不出来。"突然,我不自觉地大笑起来,然后我强行恢复镇定。我感觉到自己有点歇斯底里了。

镇定下来之后,我看到他充满耐心又和蔼可亲的脸。他真是一个乐于助人的人,这一刻我毫不怀疑。

"我们就是在这里相识的,"我说,"在这个吉卜赛庄。我正在看出售'古堡'的海报,然后我沿路散步,还爬上了山,因为我对这个地方很好奇。于是我们第一次见面了,她站在那边的树下,我吓了她一跳,或者说她吓了我一跳。不管怎样,一切开始了。这也就是为什么我们会选择居住在这个该死的、被诅咒的、不幸的地方。"

"你始终觉得这是个不幸的地方吗?"

"不……是的……不,啊,我不知道。我从来没有承认过,也不想承认。但我认为艾丽知道,她总是很恐惧。"我缓缓地说,"的确有人故意要吓唬她。"

他敏锐地问:"什么意思?谁要吓唬她?"

"大概是那个吉卜赛女人吧,但不知怎么回事,我不太确定……你知道,她常常等着艾丽过来,然后告诉她这地方会有不幸,要她离开。"

"天啊!"他愤怒地说,"要是我早知道这事,我会告诉老艾斯特,让她别这么做。"

"她为什么要这么做?"我说,"什么原因驱使她这么做?"

"和很多人一样,"费尔伯特说,"她乐于表现自己。她喜欢给别人警告,告知他们的未来,或者预知幸福的消息。她假装自己懂得预见未来。"

"假如,"我说得很慢,"有人给她钱的话……我知道她很贪财。"

"是的,她非常贪财。如果有人给她钱,就像你说的……你怎么会有这种想法?"

"是凯恩警长。"我说,"我自己无论如何也想不到这一层。"

"我明白了。"他满怀疑惑地摇了摇头。

"我还是不相信,"他说,"她会为了导致一次意外死亡而蓄意吓唬你的妻子。"

"她也许没想到会变成一场致命的意外,她可能只是想让马受受惊。"我说,"放个炮仗,或者晃一下白布之类的。有时候,我觉得她对艾丽真的有一种纯属个人的仇恨,出于某个我完全不知道的理由。"

"这话听起来太牵强了。"

"这个地方从来没有属于过她吗?"我问,"我是说,这片土地。"

"没有,吉卜赛人曾经被警告离开这片土地,也许还警告了不止一次。他们经常搬来搬去,但我不确定他们是否对此有积怨。"

"不,"我说,"这有点牵强。可能因为某个我们不知道的原因,有人付钱要她……"

"某个我们不知道的原因……什么原因?"

我思索了一会儿。

"我知道这些话听起来很荒谬。这么说吧,就像凯恩提出的,有人付钱给她,要她做一些事情,那个人想要的是什么呢?假定那个人想要的是我们从这里离开,于是他们集中力量对付艾丽,而不是我,因为我不像艾丽那么容易被吓唬。他们恐吓她,让她——同时也让我——离开这里。好了,如果是这样,那么就一定存在某种原因，他们想让这片土地再次在市场上出售。我可以说，有人想要我们这块地，为了某种不为人知的原因。"我一口气说完。

"这在逻辑上是成立的，"费尔伯特说，"但我猜不透这么做的原因。"

"也许是某种没人知道的重要矿物？"我提出假设。

"呃……我深表怀疑。"

"有宝藏埋藏在这里？噢，我知道这听起来太荒诞了。或者，是某次银行大劫案的赃款？"

费尔伯特仍然频频摇头，但已经不那么猛烈了。

"或者还有一种解释，"我说，"就是从你刚刚的想法延伸下去。在黎婆婆身后，确实有个人付钱给她，而那个人是艾丽自己都没察觉的仇人。"

"可你想不出会是谁。"

"没错，她在这里一个旧相识都没有。我可以肯定，她跟这个地方没有一丝一缕的联系。"

说完我站起身来。

"谢谢你听我讲这些。"我说。

"我衷心希望能帮上更多的忙。"

我走出房门，摸了摸口袋里的东西。然后，我临时做了个决定，大步迈回房间。

"我想给你看个东西。"我说，"其实，我原本想把它交给凯恩警长，看看他能做些什么。"

我从口袋里掏出一块石头，它被皱巴巴的纸片包裹着，纸上还有书写过的痕迹。

"今天早上，这个东西打穿了我们早餐室的窗玻璃。"我说，

"当时我在楼下,突然听到了玻璃爆裂的声音。我们第一次住进来的时候,也有一块小石头砸穿过我们家的窗玻璃。不知道是不是同一个人干的。"

我取下石头上的纸片,拿给他看。这是一张既肮脏又粗糙的小纸片,上面还有淡淡的墨水字迹。费尔伯特戴上眼镜,把纸片沿折痕展开,上面的留言很简短:是一个女人杀了你妻子。

费尔伯特的眉毛扬了扬。

"真不可思议,"他说,"你第一次收到的纸片上有留言吗?"

"我已经记不清了,应该就是警告我们离开这里,具体怎么写的我忘了。那次确实很像小流氓的恶作剧,而这次就不同了。"

"你认为是某个知情人扔进来的吗?"

"也许就是一个愚蠢却又残忍的犯罪预告。你也知道,在乡下会遇到很多这种事情。"

他把石头还给我。

"我认为把它交给凯恩警长是正确的,"他说,"他比我更了解匿名信。"

我在警局找到了凯恩警长,显然,他对此很感兴趣。

"怪事不断啊。"他说。

"你怎么看这块石头?"我问。

"难说。也许可以作为某人蓄意犯罪的证据。"

"我想,它可以指控黎婆婆?"

"不,我认为不行。事情是这样的——至少在我看来是这样的——事发时,有些人看到或听到了一些事情,比如听到了吵闹声、尖叫声,又比如看到了一匹马狂奔过去。接着,他们看到了一位妇人。因为大家都是从服装打扮上判断是不是吉卜赛人的,所以他们看到的很有可能是另一个人,而不是黎婆婆。"

"黎婆婆怎么样了?"我说,"有什么线索吗?找到她了吗?"

他缓缓摇了摇头。

"我们知道一些她以前离开这里后常去的地方,在东安格利亚那边。她有一些朋友住在那里的吉卜赛营地中,他们说黎婆婆没去过那里。当然,不管怎么样他们都会这么说,你知道他们的嘴非常紧。她在那个地方混得相当熟,但没有一个人说见过她。而我认为,她肯定不会离开东安格利亚很远。"

我总觉得他说的这番话里有些特别的东西。

"我不太理解。"我说。

"你应该换个角度看。黎婆婆自己也受惊不小,她有足够的理由惊慌失措。她过去常常威胁、恐吓你妻子,现在,我们假设,正是她引起了这起事故,你妻子也因此死亡,警察一定会追捕她,她清楚这一点。所以要逃得远远的,尽可能地躲避我们。她不会再抛头露面,她现在抗拒一切与别人的联系。"

"但你们终究会找出她的,对吧?她的外表特征很明显。"

"是的,我们迟早会找到她,这种事情需要费点时间——如果我们思路正确的话。"

"但你认为,这件事情还有别的可能性?"

"是的,你知道我一直在考虑这个问题:她是否受人指使。"

"那样的话,她就更急着要逃离了。"我指出这一点。

"同样的,还有一个人也会急着逃离,你应该能想到这一步,罗杰斯先生。"

"你的意思是,"我缓缓说道,"付钱给她的那个人。"

"没错。"

"假设主谋是个女人。"

"再假设另外还有知情人,于是他们开始投递匿名信。女主谋感到恐慌,她原本并不希望发生这种事情,无论她怎么指使吉卜赛人进行威胁恐吓,她都不想造成罗杰斯夫人的死。"

"对,她没想过有命案发生。她只是想吓吓我们,让我们感到害怕,然后乖乖离开这里。"

"那么现在,谁会感到害怕呢?有一个妇人制造了这起事故,如果这个妇人就是黎婆婆,那么她肯定会来澄清自己,对吗?她会说她不是存心的,是有人付钱给她,要她这么做。然后她会提到一个名字,告诉我们谁是幕后主使。那么,有个人当然不会希望这种事情发生,对吗,罗杰斯先生?"

"你指的是我们一直在或多或少假设的、甚至不知道是否存在的女主谋?"

"女的,也可能是男的。如果有人付钱给黎婆婆,那这个人肯定希望她尽快消失。"

"所以你认为她已经死了?"

"很有可能,不是吗?"凯恩反问道。接着,他非常突然地转换了话题。"你还记得愚者之地①吗,罗杰斯先生?就在你家旁边树林的深处。"

"记得,怎么啦?"我说,"我和妻子对那地方做了些整理和修补。我们偶尔去那里玩玩,并不常去,当然最近更少了。那地方怎么了?"

"嗯……我们一直在搜寻线索。我们到那个地方调查过,发现门没锁。"

"是的,"我说,"我们从不费事锁它。那里没什么值钱东西,只有几件零散的小家具。"

---

①按照前文,愚者之地应该是迈克和艾丽的私人领地。这里警长也知道这个地点,并知道艾丽为它取的名字,可能是作者笔误。

"我们曾经以为黎婆婆躲在里面,但没找到任何有人住过的痕迹。不过我们找到了这个,我给你看一下。"他打开抽屉,拿出一个小巧精致的镶金打火机。那是一个女式打火机,上面还有一个用钻石镶嵌出来的大写字母:C。"这是你妻子的吗?"

"艾丽的首字母不是 C,不,这不是艾丽的。"我说,"她也没有这类东西。也不是安德森小姐的,她的名字是格丽塔[①]。"

"它就掉在那里,肯定是某人遗失的,而且这玩意儿价值不菲。"

"C,"我反复考虑这个字母,然后说,"除了寇拉,我想不出还有别的跟我们有接触的人名字首字母是 C[②]。她是我妻子的继母,范·史蒂文森特夫人。但我真想不明白她为什么会穿过那条杂树丛生的小径,来到愚者之地。不管怎么说,她和我们在一起的时间并不长,只有一个月左右,而且我没见过她使用这个打火机,也可能是我没注意到。安德森小姐也许知道。"

"好,你带着它,让她认一下。"

"我会的。但如果真是寇拉的东西,而我们前几次去愚者之地却没看到这个打火机,就太奇怪了。那地方东西并不多,你在地上发现了它——是在地上发现的吗?"

"是的,离那张躺椅很近。当然,任何人都可能在愚者之地逗留过。对一对恋人来说,那是一个幽会的好地方,不过本地人又不太可能有这么昂贵的东西。"

"还有克劳迪娅·哈德卡斯特尔[③],"我说,"但我不知道她是不是有这么高级的东西。而且,她去愚者之地干什么?"

[①]艾丽(Ellie)的首字母为 E,格丽塔(Greta)的首字母为 G。
[②]寇拉(Cora)首字母为 C。
[③]克劳迪娅(Claudia)的首字母为 C。

"她是你妻子的好朋友，对吗？"

"是的，"我说，"我想她是艾丽在这里最好的朋友了。而且，她也知道我们不会介意她使用愚者之地的。"

"啊哈！"凯恩警长回应道。

我注视着他说："你不认为克劳迪娅·哈德卡斯特尔是艾丽的仇人，对吗？这太荒唐了。"

"看起来她似乎没有任何理由憎恨艾丽，这点我同意，但是……我们从来都看不懂女人的心思。"

"我想……"我刚开口，又停住了，因为我觉得自己要说的话实在太奇怪了。

"怎么了，罗杰斯先生？"

"我确信克劳迪娅·哈德卡斯特尔最初嫁给了一个姓罗伊德的美国人。而事实上，我妻子在美国的财产主要受托人就叫斯坦福·罗伊德。当然，世界上有几百号姓罗伊德的人，这也许只是一个巧合，但是不是可能和整件事情有关呢？"

"听起来不太可能，不过……"他打住不说了。

"有趣的是，就在事故发生当天，我觉得我见到了斯坦福·罗伊德，当时我正在巴庭顿的乔治饭店吃午饭。"

"他没看到你？"

我摇了摇头。

"他和一个看起来像哈德卡斯特尔小姐的人在一起，不过这也可能只是我的误认。你一定知道，我们的房子就是她哥哥造的。"

"她对那幢房子感兴趣吗？"

"不，"我说，"我认为她不喜欢她哥哥的建筑风格。"然后我站起身来，"好了，我不耽误你更多的时间了，希望能尽快找到黎婆婆。"

"我可以向你保证，我们不会停止搜寻的。验尸官也很想见她。"

我道了声再见，走出警局。常常会发生这种怪事，你刚刚谈论的某个人，一转身就真的遇见了。当我经过邮局的时候，克劳迪娅·哈德卡斯特尔正好从里面出来。我们都停下脚步，她用那种遇见丧亲之人时特有的尴尬口吻说道："艾丽的事情真是太遗憾了，迈克，我不想多说什么。现在这时候，无论别人跟你说什么都很残忍，但我只是……只是想表达一下……"

"我明白，"我说，"你对艾丽一直很好，你让她在这儿的日子过得很愉快，我很感激你。"

"我有一件事情要问你，最好现在就问，不然你就要去美国了。我听说你很快就要走了。"

"可能要尽快吧，我在那边还有很多事情要处理。"

"嗯，我想说的是……如果你想在市面上出售这套房子，我认为你走之前就应该会考虑这件事……那如果这样的话……如果这样的话，我真的很想拥有优先购买权。"

我愣愣地看着她。她的话让我吃惊，这不是我从不相信会发生的事情吗？

"你的意思是你想买下它？我还以为你对这类建筑不感兴趣。"

"我的哥哥鲁道夫曾经对我说，这是他这辈子最好的作品。我敢打赌他也知道你家的事情了。我希望你能提出一个我承受得起的价钱。是的，我很想拥有它。"

我禁不住想，这也太奇怪了。她之前来拜访的时候，从来没有对我们的房子表现出一丝一毫兴趣。就像我之前怀疑的那样，她和她同父异母的哥哥到底是什么关系，她真的狂热地崇拜他吗？有时候，我甚至觉得她不喜欢她哥哥，也许还有点恨他，说起他时总是带着一副古怪的表情。但不管真实感情是怎么样，在她心里，桑托尼克斯肯定有一个特殊的地位，一个举足轻重的地位。我缓缓摇了摇头。

"我很明白，因为艾丽不在了，所以你以为我会卖掉这里的房产，然后离开。"我说，"但事实上根本不是这样。我们曾经在这里生活，幸福美满，这里是让我怀念她的最好地方。我不会卖掉吉卜赛庄——不管出于什么原因！希望你可以明白这一点。"

我们彼此对视，好像在用眼神打一场无声的架，后来，她垂下了目光。

我鼓足勇气，问她："虽然这事儿跟我没什么关系，不过……听说你以前结过一次婚，你前夫的名字叫斯坦福·罗伊德，是吗？"

她盯着我看了好一会儿，没有动静。然后突然开口说："是的。"

说完她转身走了。

第二十一章

　　混乱——这就是我回顾那段日子时的感觉。记者的提问、发布会的召开、无数的信件和电报……格丽塔应付着这一切。

　　第一件令人吃惊的事是，艾丽的家并不像我之前想象的在美国。当发现她家里的大部分人都在英国时，我非常震惊。这样一来，寇拉·范·史蒂文森特的行为举止就可以理解了。她是个闲不下来的女人，总是劲头十足地穿梭于欧洲、意大利、巴黎、伦敦，然后又回到美国，出没于棕榈沙滩、西部农场，或任何地方。艾丽去世那天，她离这儿不过五十英里，仍然抱有在英国拥有一幢房子的梦想。她在伦敦匆匆地待了两天，和一些房产经纪人见面，视察了很多新地产。就在那个特殊的日子，她绕着村庄看了六七处房产。

　　斯坦福·罗伊德，他被证实当时正坐着一架飞机去伦敦开会。他们得知艾丽的死讯，并不是通过我们发往美国的电报，而是通过新闻。

　　关于艾丽应该被葬在何处的问题，这些人爆发了令人厌恶的争吵。我原本以为把她葬在去世的地方会比较自然，毕竟这里是我和她共同住过的地方。

　　但艾丽的家人对此表示强烈反对。他们要求把遗体运回美国，和祖先葬在一起，她的祖父、父亲、母亲，以及其他亲人都在那里。既然他们这么说了,我也觉得这个要求很合理。

安德鲁·利平科特走过来和我聊这件事情,他的理由很充分。

"她从未留下任何关于她想葬在哪里的指示。"他跟我说。

"她为什么要留下这些?"我的语气有点冲,"她才几岁,二十一?你在二十一岁的时候也不会想到死啊,在那个时候你肯定不会考虑如何安葬自己。如果我和她想过这件事情的话,我们肯定希望能葬在一起。当然,不一定是同时死。谁会在美好年华刚开始的时候就想死啊。"

"你说得很对。"利平科特先生说,"但恐怕你以后也得去美国。你要知道,还有许多生意上的事情需要你照料。"

"什么生意?我能做什么生意?"

"会有很多事要做的,"他说,"难道你没意识到,依照遗嘱,你是首要继承人吗?"

"你的意思是说,因为我是艾丽最近的亲属?"

"没错,按照她的遗嘱是这样。"

"我怎么不知道她写过遗嘱?"

"噢,是的。"利平科特先生说,"艾丽是一个做事很有条理的年轻女子,她也不得不这样,你明白的,她一直生活在井井有条的规范当中。她几乎是一结婚就立下了遗嘱,并且交给她在伦敦的律师保管,也给我寄了复印件。"他犹豫了一下,接着又说,"如果你像我建议的那样也到美国来的话,你应该把手上的业务交给几个比较有名望的律师处理,因为这里面涉及大笔的资产,包括不动产、股票、许多企业的控制权等,你肯定需要技术上的顾问。"

"我对处理这类事情完全不称职,"我说,"真的,我做不来。"

"我非常理解。"利平科特先生说。

"我能把所有的事情都交给你管吗?"

"你当然可以。"

"既然这样,那我就这么做好了。"

"但我还是建议你自己处理。我已经在为家庭中的某些人代理这类事情了,这样可能会造成利益冲突。如果你放心交到我手里的话,我可以给你找个很棒的律师,使你的利益得到维护。"

"谢谢,"我说,"你真是个好人。"

"恕我直言……"他看上去有点窘迫。一想到利平科特也会窘迫,我很开心。

"嗯?"我说。

"我建议你对所签署的任何文件都要仔细一些——任何商业文件。在你签字之前,一定要认真仔细地看过每一个字。"

"这有意义吗?"

"如果你看不懂的话,就交给你的法律顾问好了。"

"你是不是在提醒我,要小心某人?"我饶有兴趣地问。

"这个问题我实在没办法回答。"利平科特先生说,"我只能说这么多,凡是涉及大笔钱财的事儿,你千万别相信任何人。"

看得出来,他确实是在提醒我小心某人,不过他不能把名字说出来。是寇拉吗?或者是在怀疑——可能已经怀疑了很久——斯坦福·罗伊德,那位气色很好、腰缠万贯、无忧无虑,最近还来这边"公干"的银行家?又或者是弗兰克叔叔,他也许会带着一些看上去很合理的文件要我来签字。我突然觉得自己就像个无辜又可怜的笨蛋,困在一个湖中,周围潜伏着许多充满恶意的鳄鱼,而它们又都带着伪善的笑容。

"这个世界,"利平科特先生说,"是一个邪恶的地方。"

也许说出来很愚蠢,但我还是忍不住问他:"艾丽的死会使某些人受益吗？"

他严厉地盯着我。

"这是一个奇怪的问题，你为什么这么问？"

"不知道，"我说，"刚好想到而已。"

"你会受益。"

"当然，"我说，"我理所当然是受益的。我的意思是……还有别人吗？"

利平科特先生沉默了很久。

"如果你是指，"利平科特说，"芬妮娜的遗产会让谁受益的话，多多少少是有的。几个老用人、一个老家庭教师、一两家慈善机构……但没什么特别重要的。还有一笔钱给安德森小姐，但数目不大，因为……你也知道，她已经给过安德森小姐一笔钱了。"

我点点头，艾丽确实跟我说过。

"你是她丈夫，她也没有其他直系亲属了。但我觉得你刚刚的问题指的并不是这个。"

"我自己也不清楚我问这个问题的真正想法，"我说，"但是利平科特先生，你成功地让我学会了怀疑，怀疑我不知道的人或事。毕竟我对金融真的不懂。"

"嗯，我明白。要我说的话我也只是怀疑，并没有特定的对象。一个人死后，通常都会有个账本，这上面的账会清算，只不过有些账算得比较快，有些账要几年后才能算清。"

"你其实是想说，"我说，"有些在我们身边的人，故意要把事情搞乱，然后让我稀里糊涂地签一些文件，让事情都过去。"

"姑且这么说：如果芬妮娜的事务出现异常，那么她的过早死亡会对某些人有益。我们不用知道这些人是谁，反正他们要把事情掩盖过去。恕我直言，对付你这种非常单纯的人，他们得心应手。好了，我就说到这里，也不打算就此事再多说什么，说得太多有失公正。"

小教堂里举行了一次简单的葬礼。如果能避开，我早就这么做了。我讨厌那些在教堂外一字排开盯着我看的人。古怪的眼神！格丽塔帮我渡过了难关，直到现在我才真正意识到，格丽塔的性格是多么坚毅、可靠。她做了准备工作，订了花，安排了一切。我越来越明白为什么艾丽会变得依赖格丽塔，像她这样的女人，整个世界上都没几个。

来教堂的大部分人都是我们的邻居，有些我甚至都不太认识，但我注意到了一张脸，以前好像在哪儿见过，一时间没能想起来。当我回家后，卡森告诉我有位先生正在客厅等我。

"我今天不想见任何人，让他走吧。你就不应该让他进来！"

"对不起，先生。他说他是你亲戚。"

"亲戚？"

我突然想起了在教堂见过的那个人。

卡森递给我一张名片。我一时还没反应过来——威廉·R.帕多先生。我翻过名片看了看，摇了摇头，然后递给了格丽塔。

"你认识这个人吗？"我说，"他的脸看着很熟悉，但我对不上号。也许是艾丽的一个朋友？"

格丽塔接过名片看了一眼，然后说："当然认识了。"

"谁？"

"鲁本叔叔，还记得吗，艾丽的表亲。她肯定跟你说过吧？"

我这才明白为什么这张脸看着熟悉，艾丽放了很多照片在她卧室里，都是一些亲戚的照片。不过迄今为止，我只在照片中见过这张脸。

"我马上过去。"我说。

我离开房间，来到客厅。帕多先生站起来说："迈克·罗杰斯？你可能不知道我的名字，但你妻子是我的远方表亲，她一直喊我鲁本叔叔。我们没见过面，你们结婚后我是第一次来。"

"当然，我知道你。"我说。

我真的不知道如何形容鲁本·帕多。他是一个身材魁梧的人，脸也很大，看上去总是心不在焉的样子，但你和他交谈过一段时间后，会发现他的思维始终比你活跃。

"我想我不必跟你说，听到艾丽的死讯后我有多么震惊和悲伤。"他说。

"最好别说，"我说，"我不想聊这个。"

"是，是，我能理解。"

他挺有同情心的，但身上有某些气息让我隐约感到不安。

这时，格丽塔进来了。我说："你认识安德森小姐吗？"

"当然了，"他说，"你好吗，格丽塔？"

"还行吧，"格丽塔说，"你来这儿多久了？"

"一两个星期，来逛逛。"

接着，我又陷入了一股冲动的情绪。"我好像在哪儿见过你？"我说。

"真的吗？在哪儿？"

"在巴庭顿的一个拍卖行里。"

"我想起来了，"他说，"对，我是见过你，你当时和一个六十多岁，留棕色胡子的男人在一起。"

"没错，"我说，"那是费尔伯特少校。"

"你当时精神很好啊，"他说，"你们两个都是。"

"相当好！"我带着经常有的那种微妙的奇怪感觉说道，"相当好。"

"当然了……当时你们还不知道发生了什么。正好是出事那天,对吧?"

"是的,我们正等着艾丽跟我们一块儿吃午饭呢。"

"悲剧,"鲁本叔叔说,"真是个悲剧。"

"我不知道你在英国,"我说,"我想,艾丽也不知道吧……"我故意停顿了一下,等他回答。

"对,"他说,"我没写信通知你们。其实我也不清楚自己要在这里待多久。我比预计中更早地结束了业务上的事情,当时还想要不要在拍卖结束后过来看看你们呢。"

"你从美国来这儿办业务?"我问。

"嗯,可以说是,也可以说不是。寇拉有一两件事情要我给点儿意见,其中一件就是她要买一幢房子。"

然后他告诉我们寇拉已经在英国了。

我说:"我们确实不知道这件事。"

"那天她其实就住在离这儿不远的地方。"他说。

"离这里不远?是旅馆吗?"

"不,她住在一个朋友那里。"

"我不知道她在这里有什么朋友啊。"

"一个女人,叫哈德……什么来着,哈德卡斯特尔?"

"克劳迪娅·哈德卡斯特尔?"我吃了一惊。

"对,她是寇拉的好朋友,她们在美国就认识了。你不知道吗?"

"知道得不多,"我说,"我对这个家庭几乎一无所知。"

我看了看格丽塔。

"你知道寇拉认识克劳迪娅·哈德卡斯特尔吗?"

"我没听她提起过。"格丽塔说,"难怪那天克劳迪娅没出现。"

"什么?"我说,"她那天不是和你在伦敦逛街购物吗?你们在查德威市场碰面的。"

"本来是这样,但她没来。我刚出门,她就给我房间打电话,说有美国的客人突然拜访,她走不开了。"

"我怀疑,"我说,"这位美国客人大概就是寇拉吧。"

"很明显,"鲁本·帕多摇着头说,"整件事情都是一团糟,我明白为什么调查会终止了。"

"我同意。"我说。

他把杯子里的饮料一饮而尽,然后站起身来。

"我不想再打扰您了,"他说,"如果有什么需要我帮忙的,我就住在查德威市场的莫扎迪斯饭店。"

我说恐怕没有什么需要麻烦他的,然后道了谢。

他走后,格丽塔说:"我不知道他想要什么。他来这里干吗?"然后又尖刻地说,"真希望他们从哪儿来回哪儿去,越快越好!"

"我不知道在乔治饭店看到的是不是斯坦福·罗伊德,我只是匆匆瞥了一眼。"

"你说他和一个看起来像克劳迪娅的人在一起,那就很可能是他。他去看过克劳迪娅,而鲁本去看过寇拉——真够混乱的!"

"我不喜欢这种情况——好像所有人都在那天骚动不安、走来走去。"

格丽塔说,事情往往就是这样的。这么说着,她又恢复了往常的开朗和理性。

第二十二章

我在吉卜赛庄已经没什么事情可做了。我把房子留给格丽塔管,然后越洋去了纽约,把自己置身于艾丽隆重的葬礼上,虽然那地方让我拘束,让我恐惧。

"你正要去的地方是片野蛮的丛林,"格丽塔警告我,"当心点儿,别让他们活剥了你的皮。"

她说得对,确实是片丛林,我一到那里就感觉到了。我从来都不了解丛林——不管是何种意义上的丛林——这已经超出我的能力范围了,我自己也深知这一点。我不是猎人,而是猎物,人们在灌木丛中包围我,向我射击。有时候这些事情都是我在胡思乱想,有时候这些担忧被证明是对的。我记得我拜访了利平科特向我推荐的那位律师,一位彬彬有礼的绅士,他接待我的方式就像一个诊所的医生接待患者。我提到有人曾建议我把那些所有权不明晰的矿产都抛掉。

他问我这是谁的建议,我回答他是斯坦福·罗伊德。

"嗯,我们必须调查一下。"他说,"像罗伊德先生这种人应该是懂行的。"

不久后他又告诉我:"你的产权没有任何问题,完全没必要像他建议的那样急着抛掉,坚持自己的想法吧。"

我一直感觉我是对的,所有人都在向我开火,他们都知道在金融方面我就是个傻瓜。

葬礼很隆重,同时,我觉得也很恐怖。一如我的猜测,它非常气派,墓地上盖满了鲜花,而墓地本身又像个公园,所有的哀悼之情都体现在庄重肃穆的大理石上。艾丽肯定很讨厌这里,我敢保证。但她的家庭说不这么做不行。

四天后我回到纽约,金士顿那边传来了消息。

在山另一边的一个废弃采石场里,有人发现了黎婆婆的尸体,已经死了好几天了。那个地方曾经出过一些事故,有人建议要封锁起来,但并未采取实际措施。黎婆婆也被判定为意外死亡,于是又有人建议地方议会把它封锁起来。在黎婆婆的农舍地板下,被发现藏有三百镑钞票,都是面值一百的。

费尔伯特少校又附加了一个消息:"昨天,克劳迪娅·哈德卡斯特尔也骑马摔死了,我想你听到这个消息肯定很难受。"

克劳迪娅死了?我不敢相信,这个震惊的消息让我有点难以接受。两周之内有两个人骑马摔死,这样的巧合也太不可思议了。

我不想详述我在纽约的时光。我是一个身处异乡的陌生人,觉得自己必须时刻谨言慎行。我认识的那个艾丽,一直属于我的那个艾丽已经不复存在。在我看来,她现在只是一个美国姑娘、一大笔遗产的继承人、被朋友,生意伙伴和各种远亲包围着的人、一个在这边生活了五代的家庭中的成员。她从远处而来,就像一颗彗星,滑过我身边。

现在,她已经回去,跟亲人葬在一起,回到了自己的家。我很高兴这样看问题。在村外松树脚下的墓地旁,我本不应该有这样轻松的心情。是的,我不应该轻松。

"回到属于你的地方吧,艾丽。"我自言自语道。

她时常边弹边唱的那首曲子浮现在我脑中,我还能记得,她的手指轻柔地在吉他弦上拨动时的样子。

每一个清晨,每一个夜晚,
有人生来就被幸福拥抱。

我想这很适合你,你生来就被幸福拥抱。你在吉卜赛庄的生活也非常幸福,虽然时间不长。现在一切都结束了,你回到了一个也许并不幸福的地方,在那里你过得不开心,但毕竟你的家在那儿,你被亲人包围着。

我突然想,我死的时候会在哪儿?吉卜赛庄?也许吧。妈妈会来看望躺在坟墓中的我——如果她仍健在的话。我居然不能想象妈妈的死,倒是能轻易地想象自己的死。没错,她会来看着我被埋葬,也许她严厉的脸色会有所缓解。我把思绪从她身上转开,我不愿意想起她,不愿意接近她、看到她。

我表达得可能不太准确。这不是我看她的问题,而是她看我的问题。她审视我的时候,我就像被一股瘴气卷入其中,焦虑不安。我想:母亲都是恶魔!为什么她们把血脉传给孩子,为什么她们认为对孩子都了如指掌?她们不了解!她们根本不了解!她应该为我骄傲,为我高兴,为我现在所得到的美妙生活而感到欣慰。她应该——每到这时,我就会把思绪从她身上转开。

我在美国待了多久?我想不起来了。长时间里我始终小心翼翼,被一群面带微笑,眼神却充满敌意的人包围。我每天都对自己说:"这一切就要过去了,这一切就要过去了,之后……"我经常用这两个字,经常对自己这样说。"之后",这两个字表示着未来,我经常用这两个字来替代另外两个字——"我想"。

每个人都很刻意地对我表示亲昵,因为我富有了!因为艾丽的遗嘱,我变成了一个大富翁。我觉得很好笑,我有一堆自己都搞不清楚的投资、股份、财产,一点儿也不知道该怎么处理这些东西。

回英国的前一天,我和利平科特先生做了一番长谈。在我心里,他一直就是"利平科特先生",和安德鲁叔叔那类人不同。我告诉他我想撤回斯坦福·罗伊德手中的股票投资权。

"真的吗?"他灰色的眉毛扬了起来,眼里闪着精光,严肃地看着我。我不知道他口中的"真的吗"是什么意思。

"你认为这么做合适吗?"我小心翼翼地问。

"你有自己的原因,我猜。"

"不,"我说,"没有任何原因。只是一种感觉,仅此而已。我可以跟你开诚布公地聊聊吗?"

"当然可以。"

"好,"我说,"我只是觉得……他是个骗子。"

"噢,"利平科特看起来很感兴趣,"没错,你的直觉很准。"

于是我知道我这么做是正确的。斯坦福·罗伊德在艾丽的债券、投资以及其他财产上动了些手脚。我签了份律师协议,将它交给安德鲁·利平科特。

"你愿意接受吗?"我说。

"只要是金融上的事务,"利平科特先生说,"你可以完全信任我。在这方面,我会尽我所能,让你满意。"

他好像话中有话,但我听不出来。我猜他可能想说他不喜欢我。他从来就不喜欢我,但在财政事务上会尽全力帮我,因为我是艾丽的丈夫。我签好了必要的文件，他问我是不是坐飞机回伦敦，我说不，我不想坐飞机，我从海上走。

"我想独处一段时间，"我说，"海上航行应该不错。"

"接下去你准备住在哪儿呢？"

"吉卜赛庄。"我说。

"啊……你想住那儿。"

"是的。"我说。

"我还以为你会把那房子卖掉呢。"

"不！"我说，这个"不"字比我想象中更强烈。我不会放弃吉卜赛庄，它已经变成我梦想的一部分——那个我从小就怀揣的梦想。

"你在美国这段时间，房子有人照顾吗？"

我回答说格丽塔照顾着。

"哦，"利平科特先生说，"对，格丽塔。"

说起"格丽塔"，利平科特先生又话中有话了，但我没有接着往下说，他不喜欢她就不喜欢吧，反正以前就不喜欢了。这让我们的交谈产生了尴尬的停顿，于是我转换了话题。我总得说点什么。

"她对艾丽很好的。"我说，"艾丽生病的时候都靠她，她住过来照料艾丽。我……我非常感激她，希望你能理解这一点。你不太了解她，不知道在艾丽死后她是怎么把一切照顾得井井有条，没有她我都不知道该怎么办。"

"的确如此，的确如此。"利平科特先生说。他的声音比你能想象的更干瘪。

"所以，我亏欠于她。"

"一个能干的姑娘。"利平科特先生说。

我起身跟他告别,并且表示感谢。

"你没什么好感谢我的。"利平科特先生的声音依然干瘪。

他又说道:"我给你写了封短信,已经通过航空邮件发往吉卜赛庄了。如果你是从海上走的话,到家的时候会发现信已经等着你了。祝你旅途愉快。"

我又犹犹豫豫地问他是否认识斯坦福·罗伊德的妻子——一个叫克劳迪娅·哈德卡斯特尔的女人。

"哦,你说的是他的第一任妻子,我从没见过她。这段婚姻据说维持了很短时间就破裂了,之后他又找了个妻子,不过后来还是离婚了。"

情况就是如此。

回到旅馆后,我收到一封电报,让我去加利福尼亚的一所医院。上面说,我的一位朋友,鲁道夫·桑托尼克斯,已经活不了多长时间了,他希望在死前能和我见一面。

我把船票改签到下一班,然后坐飞机到了旧金山。他还没死,不过极度虚弱,他们怀疑他已经不能恢复意识了,但他想见我的愿望非常迫切。我坐在病房里看着他,看着眼前这个熟悉的男人的躯体。他以前看上去总是病怏怏的,并且有一种很特殊的气质,非常脆弱。而他现在没有一丝生气地躺着,看上去就像一个蜡人。我坐在那儿想:"希望他能开口说话,在死之前跟我随便说点什么。"

我感到孤独,令人害怕的孤独。我已经从敌人身边逃脱,来到了一位朋友的身边。事实上,他是我唯一的朋友。除了我妈妈,他是唯一对我了如指掌的人,但我一点都不想念妈妈。

偶尔我会问护士,还能为他做点什么吗。护士总是摇摇头,含糊不清地说:"他也许还能恢复意识,也许不能了。"

我坐在那儿，终于，看到他动了一下。护士轻轻地将他扶起，他面对着我，但我怀疑他是不是能认出我来。他的眼睛好像穿过我的身体，看着我的方向。

突然，他的眼神起了一丝变化。他认出我了，他认出我了——我这样想着。他轻声说了些什么，我只有俯下身才能听见，但他说的是一些意义不明的词。这时，他的身体突然抽搐起来，把头向后一仰，喊叫道："你这个该死的笨蛋，为什么不走另一条路？"

说完，他身体骤然软倒，去世了。

我不知道他说的是什么意思……或者他自己知道自己在说什么吗？

这就是我最后一次见到桑托尼克斯。如果我对他说点什么，他是否能听见？我想再一次跟他说，他给我造的房子是我在这个世界上拥有的最棒的东西，也是最困扰我的东西。这真是太有趣了，一幢房子就代表了一切。你想要某样事物，你万分渴望，但你不知道它究竟是什么。但是桑托尼克斯知道，并且把它给了我。我得到了它，现在我要回它那儿了。

回家。我在船上无时无刻不在这么想。刚开始是一片死寂，接着从心底深处涌出一股幸福的潮水……我在回家，我在回家……

水手的家是汹涌海水，
猎人的家是险山峻岭……

第二十三章

是的,我要回家了。现在一切都已结束。战斗到了最后时刻,挣扎到了最后时刻,这段旅程也迎来了终点。

我焦躁不安的年轻时代,嘴里一直喊着"我要,我要"的青涩岁月好像已经过去很久。但其实并不久,才一年不到……

躺在床上,我把这段经历又想了一遍。

遇见艾丽——在摄政公园交谈——登记结婚。房子——桑托尼克斯正在建造——房子建成。我的,都是我的。现在的我,就是我一直想成为的我。正如我期望的那样,我得到了想要的一切,现在我要回家了。

离开纽约前,我写了一封信,并通过航空邮件寄出去了,在我回家之前,那封信会先到。信是写给费尔伯特的,一些事情别人不能理解,但费尔伯特可以。

给他写信比给别人容易得多。毕竟,有些众人皆知的事情,其他人接受不了,但我想他可以。他亲眼看到艾丽和格丽塔是多么亲密,艾丽是多么依赖格丽塔。他应该意识到,我也会依赖格丽塔,毕竟这本来是我和艾丽两个人的家,现在我要独自生活,没有别人的帮助可不行。我不知道这样安排是不是妥善,但我只能尽力而为。

"我希望,"我这样写道,"第一个知道这件事的人是你。一直以来你都对我们很好，我想你也许是唯一能理解我的人。我无法面对今后一个人在吉卜赛庄的生活。在美国这段时间，我一直在思考，然后我决定，等我一回到家，就会向格丽塔求婚。你知道，她是唯一我可以与之谈论艾丽的人，她会理解的。可能她不想嫁给我，但我认为她会的……这样一来，就好像还是我们三个人住在一起。"

我写了三遍，才写明白我想表达的意思。费尔伯特应该会在我回家前两天收到信。

快靠近英国的时候，我登上了甲板，放眼望去，陆地越来越近。我想，真希望桑托尼克斯在我身边。我真是这么希望的，我希望他看到这一切是怎么实现的，我做的所有计划，我想的所有事情，和我的所有努力。

我摆脱了美国，摆脱了骗子、马屁精，摆脱了我讨厌的人，也摆脱了因为出身卑微而蔑视憎恨我的人，凯旋而归！我来到枞树林，穿越那条危险曲折的小路，沿着小径向上走。我的房子！我正要奔向我最想要的两样事物。我的房子——梦寐以求的房子，计划了很久的房子，胜过一切的房子；还有一个美丽的女人……我早就知道，有一天我会遇到一个美丽的女人，现在我已经遇到了，我看到了她，她也看到了我，一个无比美丽的女人。看到她的第一刻，我就明白我属于她，并且永远属于她。我是她的，现在，终于，我要向她走去。

没人看到我抵达金士顿。天几乎全黑了，我坐火车来，然后从站台步行出去，踏上一条乡间小道。我不想碰到村里的任何人，至少今晚不想。

太阳落山后，我走上了通往吉卜赛庄的小路。我已经告诉了格丽塔我回来的时间，此刻她正在屋里等着我。终于！我们可以脱下一切伪装，不用再说一句假话——她也不喜欢伪装。我一边想着自己扮演的角色，一边笑了起来。一个从一开始就精心扮演的角色：不喜欢格丽塔，不想让她过来跟艾丽住一起。是的，我一直都小心翼翼，每个人都被我骗过去了。我们甚至故意争吵，就为了让艾丽听到。

我们第一次见面时，格丽塔就看透了我的本质。我们之间从来没有愚蠢的幻想，她和我一样，都有野心。我们什么都要，根本不嫌多；我们想要站在世界之巅，对自己的野心有求必应，每一个愿望都能满足，所有的一切都能得到。还记得我们在汉堡第一次见面时，我是如何对她敞开心扉，倾吐我所有疯狂的欲望。我那些过分的贪婪从来没有对格丽塔控制和隐瞒过，因为她自己也一样。

她说："你这辈子所追求的无非就是金钱。"

"是的，"我说，"但我不知道怎样才能得到它。"

"对，"格丽塔说，"你根本不会通过努力工作去获得财富，你不是这种人。"

"工作！"我说，"要我工作多少年啊！我不想等待，不想人到中年的时候才拥有一切。你知道谢里曼①的故事吧，他是怎么做的？辛苦工作赚钱，直到有能力实现梦想，去特洛伊挖掘古墓。他不得不等到年过半百的时候才能实现自己的梦想，但我不想等着等着就成了中年人，老到一只脚踩进了坟墓。我想在年轻力壮的时候就拥有一切，你也这样想，不是吗？"

"没错，而且我知道你可以采取什么办法。其实很简单，不

---

① 亨利·谢里曼，德国人。幼年时深深迷恋《荷马史诗》，并暗下决心，一旦有了足够的收入就投身于考古研究。于是，从十二岁起，谢里曼就自己挣钱谋生，多年以后终于积攒了一大笔钱。一八七〇年，他开始在特洛伊挖掘。不出几年，他就发掘了九座城市，并最终挖到了两座爱琴海古城。

知道你有没有考虑过。你可以轻而易举地迷住小姑娘,是不是?我看得到,也感觉得到。"

"你觉得我在乎女人——或曾经在乎过吗?只有一位姑娘我想得到,"我说,"就是你。而且你知道,我属于你,我一见到你就明白这一点了。一直以来我都认为会碰到一个像你一样的姑娘。我现在遇到了,我只属于你。"

"是的,"格丽塔说,"我想也是这样。"

"我们都想在生活中得到同样的东西。"我说。

"我告诉过你这很容易,"格丽塔说,"非常容易,你所要做的就是娶一个有钱姑娘,世界上最有钱的姑娘之一。我可以帮你做到。"

"别妄想了。"我说。

"不是妄想,真的很简单。"

"不,"我说,"这对我一点好处都没有。我不想做一个富婆的丈夫,让她把我买下来,共同生活,然后我被关在金鸟笼里。这不是我想要的,我不想当一个被养着的奴隶。"

"你不用当奴隶,这用不了多久。时间到了,你妻子就死了,明白吗?"

我愣愣地盯着她。

"你是不是被吓傻了?"她说。

"没有,"我说,"没被吓傻。"

"我也觉得没有,但我看你的样子……"她疑惑地打量着我,但我没有给她回应。我有自我保护的意识,有一些秘密我是不会让任何人知道的。不是一些惊天动地的大秘密,但我就是不愿意想起。有些事情我处理得非常幼稚、愚蠢,不值一提。我一度对一个男孩——他是我同学——拥有的一块手表非常羡慕,想得到它。它价值不菲,是一个有钱的教父送给他的。是的,我很想要,但从来没有机会得到。然后有一天,我们去滑冰,冰还没有结实到足以承载我们两人的重量,我们事先并没有料到这一点。事情在一瞬间发生了,他掉下了冰窟窿。我向他滑过去,他的手紧紧抓住冰窟窿边缘,任冰面割着手腕。我当然是为了救他而过去的,但当我看到那枚闪着光的手表,我想的是——假如他掉下去了,这手表我就能轻易地得到。

现在想起来,我当时是无意识地解下了表带,把表扒下来,然后把他的头按到了水里,而不是把他拉上来。很简单,只是把头往下按。他挣扎了一会儿,就沉入了冰水。这时有别人看见了动静,朝我们跑来,他们还以为我是在努力救他呢!虽然费了一番周折,他们还是很快把他捞了上来,给他做人工呼吸,但已经迟了。

我把宝贝藏在一个特殊的地方,那里我经常用来放一些小玩意儿,那些东西我不想让妈妈知道,因为她肯定会问东问西。有一天,她在找袜子的时候发现了这块表。她问我是不是皮特的手表,我说当然不是了,这是我从一个同学那里换来的。

跟妈妈在一起的时候,我总感觉不太自在——因为她太了解我了。她发现那块表时,我紧张得要命,担心她是不是在怀疑我。当然她不可能知道的,没有人会知道。但她经常会用一种有趣的眼神打量我。每个人都认为我在努力营救皮特,但我认为她不会这么想。她肯定看得出一点端倪,虽然她没有主动去了解。问题就在于我的心思无法瞒过她。

有时我会有点内疚,但这感觉很快就消失了。

再后来,是我在部队里的时候。训练期间,我和一个叫艾德的家伙去了赌场。我很不走运,输得精光,但艾德赢得盆满钵满。他把筹码换成了钱，口袋塞得鼓鼓的，与我一起往回走。突然一群歹徒从街角向我们冲来，每个人手里都握着漂亮的弹簧刀。我的胳膊被划了一道口子，艾德却被狠狠地捅了一刀，瘫软在地。这时有行人嘈杂的声音传来，这群歹徒拔腿就跑。当时我想，要是我快一点的话……事实上我反应确实够快！我用手帕包住了自己的手，从艾德的伤口将刀拔出，选了几处更致命的地方捅了下去。他哼了一声，马上就死了。我吓着了，大概发了一两秒钟呆，才意识到万事大吉了。然后我为自己敏捷的反应和有效率的行动而感到自豪，一边想着"可怜的老艾德，你永远是个笨蛋"，一边赶快把那些钞票转移到自己的口袋中。抓住机会，反应敏捷，就这么简单。但问题是这样的机会并不多，还有些人，在意识到自己杀了人后就吓傻了。可是我没被吓傻，至少那次没有。

注意，这种事情不能经常做，除非你觉得值得。我不知道格丽塔有什么感觉，但她已经知道了。我的意思不是说她知道我杀过多少人，而是知道杀人这种事情吓不住我。

我说："说说你的奇思妙想吧，格丽塔。"

她说："我确实有能力帮你。我可以让你和美国最富有的姑娘之一接触，我多多少少照顾着她。我们住在一起，她很听我的话。"

"你觉得她会看上我这样的人吗？"我说。

当时我并不相信，一个富家千金会被我这样的人吸引。

"你很有魅力。"格丽塔说，"姑娘们都喜欢你，不是吗？"

我咧嘴一笑，说我确实干得不赖。

"她从没经历过这种事情，她被照顾得太好了。她被允许接触的年轻男人都是一些非常无趣的人，银行家的儿子啦，企业家的儿子啦,她被限定在富人阶层中找一份好姻缘。他们担心她遇到英俊的外国男人,只是为了她的钱。但事实上她确实更喜欢这类人,对她来说很新鲜,以前从没见过。你要给她演一出好戏,假装对她一见钟情,然后迷得她神魂颠倒,这太容易了!她从来没有和异性有过真正意义上的接触,你肯定能得手的。"

"我试试看吧。"我不是很有自信。

"我们能做到的!"格丽塔说。

"她的家人会阻止的。"

"不,他们不会。"格丽塔说,"他们什么都不会知道,直到你们秘密结婚,到时候就晚了。"

"所以,你已经想好了?"

然后我们深入地聊了下去,制订了一份并不是很详细的计划。

格丽塔回到了美国,仍与我保持联系,我则继续从事各种工作。我告诉她我看中了吉卜赛庄,她说那正好可以以此来编一个浪漫故事。我们做了一个计划,以保证我和艾丽能在那里"偶遇"。格丽塔做艾丽的思想工作,让她在英国买一幢房子,这样在她成年后就可以尽快摆脱家庭。

没错,这都是我们策划的,格丽塔是一个伟大的策划者。我想我做不来这种周密的计划,但我可以演好自己的角色,我也很享受这种表演。然后,事情顺理成章地发生,我和艾丽邂逅了。

这一切实在太有趣,这种疯狂的乐趣无疑是一种冒险,但始终存在着危险。真正使我紧张的是我不得不与格丽塔接触的时候,我得保证在我看格丽塔的时候不露出马脚,所以我尽量不去看她。我们达成了共识,我最好装作不喜欢她,嫉妒她。我做得很成功。还记得她住进来那天,我们故意争吵,让艾丽听到。我不知道我们是不是表演得有点过头了,我想应该没有。有时候我也担心艾丽是不是看出来了，或者有什么疑惑。我是觉得没有，但我不确定，真的不确定，有时候我也猜不透艾丽的心。

和艾丽恋爱非常简单，她很可爱，真的很可爱。只不过有时我会有点害怕，因为她不提前告诉我就做了一些大的举动，而且她还懂一些我做梦都猜不到她会懂的事情。但是她爱我，是的，她爱我。有时……我也觉得自己爱她。

我不是说像爱格丽塔一样爱她，我是真正属于格丽塔的，她是我最理想的异性，我为她疯狂，但不得不时刻控制这份感情。艾丽不一样，我喜欢和她一起生活。现在回头说这些显得有点奇怪，但我确实喜欢和艾丽生活在一起的感觉。

此刻，我把这些记录下来，是因为这些都是我从美国回来的船上所想的。我到达世界之巅，拥有了梦寐以求的一切。我跟自己说，这是我通过冒险，不惧危难而得来的，甚至不惜完成一起漂亮的谋杀——真的很漂亮，不是我自夸。

是的，这很巧妙。我曾经想过一两次，没人可以戳穿，因为他们看不出来。现在，冒险结束了，危险渡过了，我正向着吉卜赛庄走去，就像我那天看到吉卜赛庄的出售海报后，向那堆老房子的废墟走去一样。当我走到拐角处的时候——

我看到了她。我看到了艾丽。

当我走过那条事故频发的危险小路，来到转角时，看到了艾丽。她依旧站在那排枞树的阴影下，一如我初次见她。她直直地盯着我，我也直直地盯着她。

我们第一次也是这样对视，然后我走上前和她搭话，扮演一个对她一见钟情的男人。

想不到现在又见到她了，我……我不可能见到她啊！但我现在正看着她，她也凝视着我。我感到非常恐惧，她却好像看不到我一样。我知道她不可能出现在这儿,她已经死了,遗体已经埋在美国的墓地里。但现在,她却站在枞树底下看着我,不,不是看着我,她只是看着我的方向,好像在等待我的出现,脸上洋溢着幸福。曾经有一天,我在她脸上看到过同样的幸福,是她在弹拨吉他的时候。那天她对我说:"为什么这样看着我,迈克?"我问她:"怎样?"她说:"你这样看我,就像你爱过我一样……"我就说了一些"我当然爱你"之类的傻话。

我在路上死一般地站着,瑟瑟发抖。我大喊:"艾丽!"

她动也不动,只是站在那里,看着……直接把我看透。这让我感到非常害怕,我知道只要我想上一分钟,就会明白为什么她看不见我,但我不想知道。没错,我不想知道,为什么她看着我站的地方,却不是在看我。我跑了起来,像个懦夫一样跑了起来,朝着我家房子亮灯的地方狂奔,让自己逃离这个可笑的惊恐时刻。我胜利了,我跑回家了,就像从山上归来的猎人,回家了。回到比世间任何地方都重要的家里,回到我将灵魂和肉体全部交托的女人身边。

现在,我们马上要结婚,然后安居在这幢房子里。我们得到了梦寐以求的一切,我们赢了!轻而易举地取得了胜利!

门没有拴上,我踮着脚尖走了进去,穿过书房敞开的门,格丽塔就站在窗边等我。她明艳动人,是我见过最美丽最可爱的女人,一头金发,如同北欧女神。她微笑着看我,发出性的暗示。除了偶尔在愚者之地幽会外,我们已经压抑了太久。

我迫不及待地扑向了她的怀抱,水手终于从海上回到了安稳的家。这是我一生中最美好的时刻之一。

不久之后,我们从愉悦的云端回到了地面。我坐了下来,她把几封信拿给我看。我几乎是下意识地挑了一张美国邮戳的信拿起来,是利平科特寄来的航空件。我不知道里面有什么,为什么他要写信给我呢?

"哇,"格丽塔长舒了一口气,"我们做到了。"

"今天是胜利日。"我说。

我们笑了起来,肆无忌惮地笑。桌上有一瓶香槟,我把它打开,与格丽塔一同分享。

"这个地方太美了!"我环顾四周,说道,"比我印象中更美。对了,桑托尼克斯——我还没跟你说呢,他死了。"

"噢,天哪,"格丽塔说,"太可惜了,这么说他真的病了?"

"他当然病了,不过我也不愿意这么想。他临死前我去看了他。"

格丽塔稍微颤抖了一下。

"我不喜欢这种事。他说什么了吗?"

"其实没什么,他就说我是个该死的笨蛋,说我应该选另一条路。"

"另一条路……什么意思?"

"我也不知道,"我说,"我猜他是在胡言乱语,也许自己都不知道自己在说什么。"

"嗯,这幢房子倒是一个很好的纪念他的地方。"格丽塔说,"我们会在这里一直住下去吗?"

我瞪着她。"当然啦,你觉得我会想去别的地方住吗?"

"我们不应该老是住在这儿,"格丽塔说,"不能长年住这儿,像这个村庄一样被埋在洞穴里。"

"但这是我想住的地方——是我一直以来都想住的地方。"

"你说得没错,迈克,但毕竟我们有了这么多财富,去任何地方都不是问题!我们可以环游世界,去非洲狩猎,去探险,去寻找一些激动人心的画作,我们还可以去吴哥窟。你不是一直都想过充满冒险的生活吗?"

"对,我希望这样,但我们总是会回到这里,对吗?"

我有一种奇怪的感觉,什么地方有问题。这些都是我日思夜想的——我的房子,还有格丽塔——别的我不想要了。但是她还不满足,我可以看出来,她才刚刚开始,刚刚开始想要一切,刚刚开始明白自己可以获得一切。我突然有一种残酷的预感,不禁颤抖起来。

"你怎么了,迈克——你在发抖,是不是生病了?"

"不是。"我说。

"那出什么事儿了,迈克?"

"我看到艾丽了。"我说。

"什么意思……看到艾丽了?"

"刚刚走上来的时候,经过拐角,我看见她了,站在一排枞树底下,朝……朝我站的地方看着。"

格丽塔瞪大了双眼。

"太荒谬了,你在胡思乱想吧。"

"有时人确实会胡思乱想,毕竟这里是吉卜赛庄。但艾丽确实站在那里,看上去很幸福,好像——好像她一直都站在那里,并且会一直这么站下去。"

"迈克!"格丽塔抓住我的肩膀,猛烈摇晃,"迈克,别说了,你回来的时候喝多了吗?"

"没有,我迫不及待地回来了,我知道你准备了香槟。"

"好,那我们忘了艾丽,再喝一杯。"

"是艾丽。"我固执地说。

"当然不是艾丽了!那只是光线造成的效果,或者类似的错觉。"

"是艾丽,她站在那里,寻找我,看着我。但她看不见我,格丽塔,她看不见我。"我的声音拔高了,"我知道为什么,我知道为什么她看不见我。"

"你在说什么啊!"

这时,我放低了声音,轻声地对着格丽塔耳语。

"因为那不是我,我不在那儿了,除了漫漫长夜,她什么都看不到。"然后我用一种惊恐不已的声音喊道,"有人生来就被幸福拥抱,有人生来就被长夜围绕。我!格丽塔,说的就是我啊!

"格丽塔,你还记得吗?她是怎样坐在沙发上,抱着吉他唱歌,用她温柔的声音唱歌,你一定记得的。

"'每一个夜晚,每一个清晨,有人生来就为不幸伤神。每一个清晨,每一个夜晚,有人生来就被幸福拥抱。'这就是艾丽,格丽塔,她生来就被幸福拥抱。'有人生来就被幸福拥抱,有人生来就被长夜围绕。'我妈妈了解我,她知道我生来就被长夜围绕,我还没做什么的时候她就知道了。桑托尼克斯也知道,他知道我正往那条路上走,但这本来是可以避免的。有很短的时间,只有很短的时间,当艾丽唱这首歌的那一刻,我本可以非常幸福,不是吗?和艾丽结婚后,如果我和她好好生活下去……"

"不,你不能。"格丽塔说,"我从没想过你也会坚持不下去,迈克。"她再次粗暴地摇晃着我的肩膀,"醒一醒!"

我注视着她。

"对不起,格丽塔,我都说了些什么啊。"

"我想他们在美国把你弄得很沮丧。但你都做到了,是吗?

你把所有的投资都处理好了。"

"所有的事情都处理好了,"我说,"我们未来的每一件事情都处理好了,我们光芒万丈的未来。"

"你说话怪怪的。我想看看利平科特在信里写了什么。"

我抽出信,打开。除了一张从报纸上剪下的剪报外,什么都没有。这张剪报相当陈旧,不是新的。我凝视着它。这是一张街道的照片,两旁高楼耸立,我马上认出来是汉堡的一条街,有一群人正向照片走来,其中有两个人手牵手走在前面,是格丽塔和我。利平科特早就知道了,他知道我和格丽塔之前就认识了。肯定是有人给他寄了这张剪报,并非出于什么恶意,只不过正好发现安德森小姐走在汉堡的大街上。他知道我认识格丽塔。我想起他还特别问过我是否见过格丽塔,而我否认了,所以他知道我在撒谎,这一定引起了他对我的怀疑。

我突然害怕起利平科特来。他也许没有想到我会走出谋杀艾丽这一步,但肯定会有所怀疑,也许早就怀疑了。

"你看,"我对格丽塔说,"他知道我们早就认识,知道很长时间了。我一直很讨厌这只老狐狸,他也讨厌你。知道我们要结婚后,他肯定会起疑心的。"但紧接着我想到,也许利平科特早就预料到我们会结婚,他可能早就揣测我们是一对恋人了。

"迈克,能不能别像只疑心重重的兔子一样?是的,没错,疑心重重的兔子!我钦佩你,我一直都钦佩你,但你现在崩溃了,你害怕每一个人。"

"别这么说我。"

"好吧,但这是真的!"

"长夜啊……"

我想不到该说什么别的,我至今都不懂这是什么意思。长夜，意味着黑暗，意味着身处其中就不会被看到。我可以看见死者，但死者看不见我，尽管我还活着。他们看不见我，是因为我不在那里，深爱着艾丽的男人并不在那里，他已经把自己置身于长夜之中。

我向着地面深深地低下头。

"长夜啊。"我又说了一遍。

"别再说了，"格丽塔尖叫道，"站起来！像个男人一样，迈克，别被荒唐的迷信吓到了。"

"怎么可能呢？"我说，"我已经把灵魂卖给了吉卜赛庄。吉卜赛庄从来就不安全，对谁来说都不安全，不论是对艾丽还是对我，甚至是对你。"

"你什么意思？"

我站起身，向她走去。我爱她，我仍带着最后一丝性欲爱着她。但爱、恨、欲望——不都是一回事吗？三者合而为一，又一分为三。我从未恨过艾丽，但我恨格丽塔，我享受这种恨意。我全心全意地、带着跃动的愉悦去恨她——我想不到更安全的方法了，也不打算去想。我向着她越走越近。

"你这个肮脏的婊子！"我说，"你这个讨厌又迷人的金发婊子。你不安全，格丽塔，只有除掉了你我才会安全，明白吗？我已经学会享受——享受杀人的乐趣。那天，当知道艾丽骑着马奔向死亡的时候，我兴奋极了，谋杀让我整个上午都被愉悦包围，但我迄今为止还没有亲手杀过人。这次不同了，我比预先知道一个人会因为在早餐时吃了一颗胶囊而死更进一步了，比把一个老妇人推下采石场也更进一步了，这次，凶器就是我的双手。"

格丽塔现在害怕了。她，我在汉堡一见到就全身心交付的她，遇到之后就为之装病的她，放弃了工作就是为了朝夕相处的她——是的，曾经我的灵魂和肉体都属于她，从这一刻开始不再是了。我就是我自己，我正在迈向另一个我梦寐以求的境地。

她非常害怕。我充满爱怜地看着她的恐惧，环绕在她脖子上的双手加大了力度。是的，当我坐在这里，写下关于我的一切（请注意，这也是一件令人愉悦的事情），写下我所有的感受，所有的念头，以及如何欺骗了所有人时——是的，这一切太美妙了。杀死格丽塔的瞬间，我感觉非常快乐。

第二十四章

之后就没什么好说的了,事情发展至此已经到了高潮,所有的事情都交代了,再也没有什么可以挖掘。我在那里坐了很久,都不知道他们是什么时候来的,也不知道他们是不是一起来的……肯定不是马上就来了,因为他们不会任由我杀死格丽塔。我记得上帝先来了,不是真的上帝,而是费尔伯特少校。我一直很喜欢他,他对我也不错,我想在某种程度上,他确实像个上帝——我是说,如果上帝是个凡人,而不是什么高高在上的神祇的话。他是个非常公平的人,公平而且慈祥。他照顾这里的人和事,尽己所能为人们服务。

我不知道他对我的了解有多少。记得那天在拍卖行里,他一边说着"乐极生悲"一边用奇怪的眼神打量我,我不知道为什么他会认为我那天是"乐极生悲"。

然后我想起我们来到穿着骑马的装束,蜷缩成一团的艾丽尸体前……他是不是当时就知道,或者察觉到了我与此有关?

格丽塔死后,正如我说的,我深陷在椅子里,低头凝视手里的酒杯。杯子已经空了。

不管是什么,现在都空了。只有一盏灯还亮着,是我和格丽塔点亮的,它在角落里闪着光。它的光其实并不强,而太阳——对,太阳早就下山了。我只是坐在那里,呆呆地想着接下来会发生什么。

然后，人们都来了。他们来得很快，同时又很安静，不然我不会什么都没听见、谁都没注意到。

如果桑托尼克斯在这里的话，也许他会告诉我该怎么做。但他已经死了。事实上他走了一条与我相差很多的路，所以他也帮不到我。根本没有人可以帮到我。

过了一会儿，我看到了肖医生。他太安静了，以至于我一开始都不知道他也在这里。他坐得离我很近，好像在等着什么。片刻后，我意识到他在等我开口。于是我对他说："我回来了。"

他身后有两个人走来走去，好像也在等待，等待他做点什么。

"格丽塔死了，"我说，"我杀了她，你们最好把尸体运走，好吗？"

有人在什么地方按了一下闪光灯，一定是警方摄影师在给尸体拍照。肖医生转过头，严厉地说："还不行。"

接着他又把头转回来看我，我朝他靠了过去，说："我今晚看到艾丽了。"

"真的吗？在哪里？"

"外面那排枞树底下，那是我第一次见到她的地方，你知道的。"我停顿了一下，又接着说，"她没看见我……她看不见我，因为我不在那儿。"过了一会儿，我又说道，"那使我感到不安，非常不安。"

肖医生说："你把它放进了胶囊，是吗？包着氰化物的胶囊，就是你那天早上给艾丽的东西？"

"是她用来治疗过敏的，"我说，"出去骑马的时候她总是带颗胶囊预防过敏。格丽塔和我在其中几颗里面混进了花房用的杀黄蜂的药。这是我们在愚者之地做的，是不是很聪明？"

然后我大笑起来，笑声很奇怪，我自己都能听出来，听上去更像一种古怪的"咯咯"声。

我说："你们检查她脚踝的时候，也检查了她携带的所有东西，对吗？安眠药、抗过敏药，还有别的一切东西，是不是？没有任何问题。"

"确实没有任何问题。"肖医生说。

"干得很漂亮吧？"我说。

"你们很聪明，确实很聪明，但百密一疏啊。"

"我不明白你们是怎么发现的。"

"第二起命案发生后，我们就发现了，那起命案不在你的计划中。"

"克劳迪娅·哈德卡斯特尔？"

"对，和艾丽一样，她也从马背上摔下来了。克劳迪娅也是个健康的姑娘，但是从马上摔下来就死掉了。她掉下来的时间并不长，立刻就被人发现了。他们扶起了她，空气中还能闻到一丝氰化物的味道。如果她像艾丽一样，在外面躺上两个小时，那就什么都没了——什么都闻不到，什么都发现不了。然而，我不知道克劳迪娅是从哪里得到胶囊的，除非你们在愚者之地掉了一粒。克劳迪娅有时候也会去那里，那里有她的指纹，还有她的打火机。"

"我们大概是疏忽了。那些胶囊很难填装。"

接着我又说："你们都怀疑艾丽的死与我有关，是吗？所有人都这么认为？"我环顾四周模糊的人影。

"大概很多人都猜到了，但我们不知道能对此做些什么。"

"你应该提醒我一下。"我的口气非常不满。

"我不是警察。"肖医生说。

"那你是什么?"

"我是医生。"

"我不需要医生!"我说。

"这还有待观察。"

然后我看着费尔伯特,说:"你来这里干吗?审判我吗?来主持我的审判会?"

"我只是太平绅士①。"他说,"这次是作为一个朋友而来。"

"我的朋友?"我吃了一惊。

"艾丽的朋友。"他说。

我不能理解。这些对我都毫无意义,但我却觉得很重要。他们都在这里!警察、肖医生、繁忙的费尔伯特。这些事情非常烦琐,我渐渐失去了意识。你也知道,我很累。以前我也常常这样,觉得累,然后就睡了过去……

人们进进出出,所有的人都来探视我。各种各样的律师,还有一起过来的形形色色的医生。他们太烦了,我一点都不想跟他们说话。

其中一个人不断地问我有什么要求。我说有,我只要求一件事,给我一支笔,还有一大堆纸。我想把一切都写下来,关于这些事情是怎么发生的,我要告诉他们我的感受和想法。我越想越觉得这些事情对所有人来说都太有趣了,因为我这个人很有趣。我是个有趣的人,做了些有趣的事。

医生——至少有一位医生——似乎认为这是个好主意。

我说:"你们常常让人招供,那我为什么不自己写出来呢?也许有一天,每个人都能读到。"

---

① 一种源于英国,由政府委任民间人士担任的维护社区安宁、处理简单法律程序的职衔。

他们让我写了。我不能长时间不停地写，会感到疲劳。有些人说我可以"考虑精神问题而得到减刑"，但另一些人不同意。这些话都当着我的面说，他们怎么不想想，我还在听着呢！然后我不得不出席庭审。我要求他们给我拿最好的衣服，因为我想有个好形象。他们还派了一些警察来监视我。

有很长一段时间，我都认为那些新来的看护人员是利平科特派来的，他们想要发现我和格丽塔更多的事情。真是有趣，格丽塔死后我就不太想起她了。我杀了她，她对我已经没有意义了。

我试图回想起掐死她的时候那种取得辉煌胜利的感觉，但那种感觉也日渐消逝了。

有一天，他们突然带我妈妈来看我。她在门口看着我，目光不再忧虑，更多的是悲伤。她没有多说什么，我也没有。她说的只有一句。

"我努力过了，迈克，我非常努力，不想让你出事，但还是失败了——我老是担心自己会失败。"

我说："没事的，妈妈，这不是你的错。我选择了自己要走的路。"

我突然想到，这是桑托尼克斯跟我说过的话。他也曾替我担心，但同样无能为力。任何人都无能为力——除了我自己。我不知道，也不确定，但我时常会想起……想起那天艾丽对我说："为什么这样看着我，迈克？"我说："怎样？"她说："……就像你爱过我一样。"我想，从某种角度来说，我确实爱她，艾丽太可爱了，甜蜜又温柔。

我想我的问题是太贪婪了，并且总想走捷径。

那天，我在吉卜赛庄第一次遇见艾丽，沿着小路走的时候，碰到了黎婆婆。她给了艾丽一个警告，想要骗点钱。我知道为了钱,她什么事都干得出来,所以我买通了她。她开始不断地警告艾丽,恐吓她,让她感觉自己身处危险之中。我想这会使得人们更容易接受艾丽是受惊而死。我知道,黎婆婆第一次见到艾丽的时候,是真的被吓到了。当时她是真的在警告艾丽,要她离开,别和吉卜赛庄扯上任何关系。当然,她也是在警告艾丽,别和我扯上任何关系。当时我没有理解,艾丽也没有。

艾丽怕我吗?也许是吧,虽然可能她自己都不知道。她意识到这里有什么会威胁她,也感觉到危险了。正如桑托尼克斯了解我的邪恶,还有我妈妈。也许他们三个人都知道!但艾丽不介意,她知道,但不介意。奇怪,这太奇怪了。现在我才知道。我们在一起非常快乐,是啊,多么快乐。真希望当时的我也能知道这份快乐。我有选择的机会,每个人都有机会——我却与它擦身而过。

很奇怪,是吗,格丽塔其实一点都不重要。

甚至我那幢房子也不重要。

只有艾丽……但艾丽再也找不到我了——长夜,这就是我故事的结局。

开头往往就是结局——经常听到有人说这句话。

但究竟是什么意思呢?

我的故事是从哪里开始的呢?我得好好想想……

Endless Night
Copyright © 1967 Agatha Christie Limited.
Letter for Chinese Reader, New Star Edition by Mathew Prichard © 2013 Mathew Prichard.
Translation © 2023 arranged by New Star Press, Agatha Christie Limited. All rights reserved.
www.agathachristie.com
AGATHA CHRISTIE, *Agatha Christie*® and the AC Monogram Logo are registered trade marks of Agatha Christie Limited in the UK and elsewhere. All rights reserved.
Published by agreement with ACL.
Simplified Chinese edition copyright: 2023 New Star Press Co., Ltd.

图书在版编目（CIP）数据

长夜 /（英）阿加莎·克里斯蒂著；陆烨华译. —— 北京：新星出版社，2023.6
（阿加莎·克里斯蒂侦探小说全集：精装典藏版）
ISBN 978-7-5133-4914-7

Ⅰ.①长… Ⅱ.①阿…②陆… Ⅲ.①侦探小说－英国－现代 Ⅳ.① I561.45

中国国家版本馆 CIP 数据核字 (2023) 第 055456 号

午夜文库
谢刚 主持